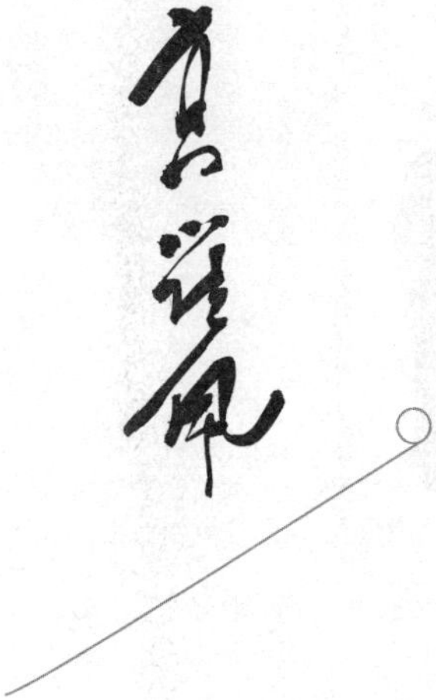

The Willow Pattern

1965

大理寺卿狄仁杰

高罗佩
大唐狄公案全译（插图本）
黄禄善 主编

柳园图谜案

The Willow Pattern

〔荷〕高罗佩 著
徐蔚 译

山西出版传媒集团
北岳文艺出版社
BEIYUE LITERATURE & ART PUBLISHING HOUSE
·太原·

图书在版编目（CIP）数据

柳园图谜案 / (荷) 高罗佩著；徐蔚译. — 太原：北岳文艺出版社, 2021.1
（高罗佩·大唐狄公案全译：插图本 / 黄禄善主编）
ISBN 978-7-5378-6323-0

Ⅰ. ①柳… Ⅱ. ①高… ②徐… Ⅲ. ①侦探小说—荷兰—现代 Ⅳ. ①I563.45

中国版本图书馆CIP数据核字（2020）第224239号

柳园图谜案

〔荷〕高罗佩 / 著
徐　蔚 / 译

//

策　划
续小强

项目统筹
贾晋仁　庞咏平

责任编辑
关志英

装帧设计
薩福書衣坊
SAFU BOOKSTORE
bookd@163.net

印装监制
郭　勇

出版发行：山西出版传媒集团·北岳文艺出版社
地址：山西省太原市并州南路57号
邮编：030012
电话：0351-5628696（发行部）　0351-5628688（总编室）
传真：0351-5628680
经销商：新华书店
印刷装订：山西人民印刷有限责任公司

开本：787×1092　1/32
字数：145千字　印张：7.125
版次：2021年1月第1版
印次：2021年3月山西第1次印刷
书号：ISBN 978-7-5378-6323-0
定价：36.00元

导言

一

20世纪与21世纪之交，西方通俗文学界一个令人瞩目的现象是历史侦探小说（historical detective fiction）的崛起。当时西方的许多主流媒体，如《纽约时报》《华尔街日报》《泰晤士报》《卫报》等等，连篇累牍地报道历史侦探小说获奖的信息，有关小说的介绍、评论汗牛充栋。这些获奖小说的背景多半设置在一个年代久远的古代，中心情节是破解一个与谋杀有关的案件，作者大都为历史学、考古学等专业的学者，爱好文学创作。譬如保罗·多尔蒂（Paul Doherty, 1946—　），当代英国著名历史学家，20世纪80年代末开始历史侦探小说创作，迄今已出版了八十多部以古希腊、古罗马、古埃及和中世纪英格兰为背景的侦探小说，其中《叛逆的幽灵》（*The Treason of the Ghosts*）被《泰晤士报》列为2000年最佳犯罪小说。又如琳达·罗宾逊（Lynda Robinson, 1951—　），毕业于得克萨斯大学考古专业，擅长中东史和美国史研究。她在丈夫的鼓励下进行历史侦探小说创作，处女作《死神谋杀案》（*Murder in the Place of Anubis*, 1994）一问世即荣登“纽约时报畅销书排行榜”，之后创作的十多本小说也一版再版，畅销不衰。再如加里·科比（Gary Corby,

1963— ），澳大利亚历史侦探小说创作新秀，尽管作品数量不算太多，但已是2008年“柯南·道尔奖”得主，2010年问世的《伯里克利政体》（*The Pericles Commission*）更获“内德·凯利奖”（Ned Kelly Award）。凡此种种，正如《出版人周刊》2010年一篇评论所指出的：“过去的十年，历史侦探小说的数量和质量急速发展，以前从未有过如此多的天才作家出版如此多的历史侦探小说，作品涵盖的历史年代和案发地点也从未如此宽泛。”[①]

不过，西方历史侦探小说并非从世纪之交开始。早在1911年，在美国作家梅尔维尔·波斯特（Melville Post, 1869—1930）的短篇小说《上帝的天使》（*The Angel of the Lord*）中，就出现过一个古时的业余侦探“阿布勒大叔”（Uncle Abner）。他生活在古老的弗吉尼亚边疆，是个牧场工人，一个和蔼、睿智的中年人。他凭借《圣经》的道德标准和美国的法律精神破案。之后，《上帝的天使》很快被扩充为拥有二十六个故事的侦探小说集《阿布勒大叔：破案高手》（*Uncle Abner, Master Mysteries*, 1918）。到了1943年，美国作家利莲·托雷（Lilliande la Torre, 1902—1993）发表了以历史人物塞缪尔·约翰逊（*Samuel Johnson*）为主角的短篇小说《英格兰国玺》（*The Great Seal of England*）。之后，她同样将短篇小说扩充为侦探小说集《萨姆博士：约翰逊侦探》（*Dr. Samuel Johnson, Detector*, 1948）。在这之后，西方历史侦探小说进入高速发展的阶段。英国作家阿加莎·克里斯蒂（Agatha Christie, 1890—1976）出版了以古埃及为背景的长篇历史侦探小说《死亡终局》（*Death Comes as the End*, 1944）。美国作家约翰·卡尔（John Carr, 1906—1977）出版了反映拿破仑战争题材的长篇历史侦探小说《狱中新娘》（*The Bride of Newgate*, 1950）。荷兰外交家、汉学家高罗佩（Robert van Gulik, 1910—1967）推

---

① Lenny Picker. *Mysteries of History*, Publishers Weekly, March 3, 2010

出了基于中国公案小说传统的系列历史侦探小说“狄公案”（Judge Dee series）。这些单本的、系列的历史侦探小说的问世，为当代西方历史侦探小说的全面崛起做了有益的铺垫，尤其是“狄公案小说”，采用长、中、短三种小说形式，数量多达十六卷，在东、西方均产生了持久的轰动效应，被认为是早期西方历史侦探小说的成功“范例”。[①]

“狄公案”历史侦探小说的创作发端于1949年高罗佩的译著《狄公断案精粹》（*Celebrated Cases of Judge Dee*）。故事的主角狄公（Judge Dee）在中国历史上实有其人。他名叫狄仁杰，生活在唐朝（618—907）。他一生为官，两次出任宰相，是所谓的青天大老爷。有关他廉洁自律、为民请命、秉公办案的故事很早就在民间流传。到了清朝末年，一位无名氏将这些民间故事整理成长篇公案小说《武则天四大谜案》（亦名《狄公案》或《狄梁公四大谜案》）。高罗佩在中国任外交官期间，对该书产生了浓厚的兴趣。在进行了详细考据之后，他将其中基本符合西方侦探小说传统的前三十回翻译成英文出版。之后，他开始尝试创作以狄公为主角的历史侦探小说《迷宫谜案》（*The Chinese Maze Murders*, 1952）。小说出版后，极为畅销。从此，高罗佩一发不可收拾，先后接受芝加哥大学出版社及其他图书出版公司的稿约，先后创作了十五卷狄公案历史侦探小说。它们是：《铜钟谜案》（*The Chinese Bell Murders*, 1958）、《黄金谜案》（*The Chinese Gold Murders*, 1959）、《湖滨谜案》（*The Chinese Lake Murders*, 1960）、《铁针谜案》（*The Chinese Nail Murders*,1961）、《红阁子谜案》（*The Red Pavilion*, 1964）、《朝云观谜案》（*The Haunted Monastery*, 1961）、《御珠谜案》（*The Emperor's Pearl*,1963）、《漆画屏风谜案》（*The Lacquer Screen*, 1962）、《晨猿·暮虎》（*The Monkey and the Tiger*, 1965）、《柳园图

① Carl Rollyson. *Critical Survey of Mystery and Detective Fiction*, Revised Edition. Salem Press, INC, printed in USA, 2008, p.1783.

谜案》(*The Willow Pattern*, 1965)、《广州谜案》(*Murder in Canton*, 1966)、《紫云寺谜案》(*The Phantom of the Temple*, 1966)、《太子棺谜案》(*Judge Dee at Work*, 1967)、《项链·葫芦》(*Necklace and Calabash*, 1967)、《黑狐谜案》(*Poets and Murder*, 1968)。这些"谜案"极受读者喜爱,不断再版、重印,直至2014年,还有麦克法兰图书出版公司(McFarland)的新版本出现。

"狄公案小说"的影响又渐渐从美国、英国、加拿大、澳大利亚、新西兰延伸到法国、德国、西班牙、荷兰、瑞典、芬兰、日本和中国。1982年,甘肃人民出版社率先在中国推出了陈来元、胡明翻译的《四漆屏》(*The Lacquer Screen*)。紧接着,中原农民出版社、北方妇女儿童出版社、北岳文艺出版社、中国电影出版社、海南出版社、贵州大学出版社等也各自推出了这样那样的"狄公案"全译本和节译本。与此同时,各种各样的续集、改写本也不断出现。

二

作为早期西方历史侦探小说创作的一个成功范例,"狄公案小说"展示了这一小说类型的诸多特征。首先,作为侦探小说,"狄公案小说"遵循侦探小说之父爱伦·坡(Allan Poe, 1809—1849)的"破案解谜六步曲",亦即介绍侦探、展示犯罪线索、调查案情、公布调查结果、解释案情发生的原因和经过、罪犯的服输和认罪。其次,作为历史小说,它涵盖了历史小说之父沃尔特·司各特(Walter Scott, 1771—1832)所创立的大部分市场要素,如异国情调、哥特式气氛、英雄主义、骑士精神等等。而且,作者高罗佩本人,也像上面提到的许多当代历史侦探小说的作者一样,是个精通历史、熟悉考古且深谙中国文化艺术的专业人士,所研究的对象是当时并不被看好且有点冷僻的东方文化。

高罗佩，1910年8月9日生于荷兰聚特芬（Zutphen）。父亲是名医生，曾先后两次在荷属东印度（Netherland East Indies, 今印度尼西亚）服役。高罗佩随父母侨居在殖民地，在当地学习汉语、爪哇语和马来语，由此对亚洲文化，尤其是中国文化产生了浓厚的兴趣。1923年，父亲退役，高罗佩随父母回到荷兰，定居在奈梅亨（Nijmegen）。1929年，高罗佩从奈梅亨市立中学毕业，入读莱顿大学，主修东方殖民法律、荷属东印度学以及中日语言文学。之后，他又到乌特勒支大学深造，学习现当代中国史以及藏文和梵文，并以论文《马头明王诸说源流考》（*Hayagriva, the Mantrayanic Aspect of Horse·cult in China and Japan*）获得东方语言学博士学位。高罗佩的语言天赋和专业能力很快得到了认可。1935年，他被荷兰外交部录用为助理翻译，并被派驻东京任荷兰驻日公使馆二等秘书。1941年太平洋战争爆发，高罗佩与其他同盟国的外交人员一起被遣离日本。1943年3月，他从印度加尔各答来到中国重庆，出任荷兰政府驻重庆大使馆一等秘书。其间，他结识了同在大使馆秘书处工作的中国名媛水世芳。两人结为伉俪，先后育有三子一女。战争结束后，高罗佩离开中国回到海牙，出任荷兰外交部政务司远东处处长，一年后又去了美国，任荷兰驻美使馆顾问。1948年，他被任命为荷兰驻日本东京军事代表处顾问。1951年，他离开东京前往新德里，任荷兰驻印度大使馆文化参赞。1953年，他再次被召回荷兰，任外交部中东暨非洲事务司司长。1956年至1959年，高罗佩担任荷兰驻黎巴嫩全权代表。1959年至1962年又担任荷兰驻马来西亚大使。1965年，他作为驻日大使第三次被派驻东京。任上，他被诊断出患了肺癌，不得不返国治病。1967年9月24日，他在海牙辞世，享年五十七岁。

因为外交官职业的关系，高罗佩辗转海牙、东京、重庆、南京、华盛顿、新德里、贝鲁特、吉隆坡等地，工作异常繁忙。尽管如此，他不忘初衷，挤出时间从事自己所喜爱的东方语言文化研究。他的研究兴趣很广，琴棋书画、小说戏曲无所不包，而且成果颇丰，几乎每隔一至两年就出版一本书。1941年由日本上智大学出版的《琴道》（*The Lore of the Chinese Lute*）是西方第一本系统介绍中国古琴的专著。在书中，高罗佩基于大量中国古代文献，对中国古琴的起源和特征、琴人的心境和原则、琴曲的意义和内涵、演奏的象征和意象，做了详尽的论述。而1944年在重庆出版的《明末义僧东皋禅师集刊》（*Collected Writings of the Ch'an Master Tung-kao，a Loyal Monk of the End of the Ming Period*），则是一部填补中国佛学史空白的开山之作。该书成书时间长达七年，期间高罗佩遍访中日名刹古寺、博物馆院，共觅得东皋禅师遗著和遗物三百余件。1958年，他耗时十余年完成的《书画鉴赏汇编》（*Chinese Pictorial Art as Viewed by the Connoisseur*）在罗马远东研究社出版。全书内容分两部分，前一部分泛论中日屋宇的式样、书画的悬挂方法以及装裱技术的衍变，后一部分讲述毛笔的构造、墨的制作、纸绢的特质、书画真赝的鉴别，堪称一部东方艺术鉴赏大全。

不过，高罗佩的最大学术成当属中国古代性文化研究。1949年，因日文版《迷宫谜案》的一幅裸体封面图，高罗佩开始对中国古代性文化进行研究。他广集史料，探幽索隐，费尽周折收集历朝历代春宫画册，又参阅了一系列的明末情色禁书，终于辑成了中国古代性文化的拓荒之作《秘戏图考》（*Erotic Colour Prints of the Ming Period*,1951）。在这之后，高罗佩继续中国古代性文化研究，且时有新的发现。适逢荷兰图书出版商建议撰写一部面向更多西方读者的中国古代性文化著作，于是他便有了洋洋数十万言的《中国古代房内考》（*Sexual Life in Ancient China*, 1961）的问世。相比《秘戏图考》，该书的社会文化史研究气息更浓，且内容上有增补，还更新了许多旧的译文，添加了许多新的引文；观点上有修正，尤其是强调爱情的高尚意义，反对过分突出纯肉欲之爱。直至今日，该书仍是东西方性学家了解中国古代性文化的重要参考文献。

三

正是对于中国历史文化的研究，让高罗佩发现了《武则天四大谜案》等中国公案小说的价值，并选择性地翻译、出版了《狄公断案精粹》。在“译者前言”中，高罗佩指出，多年来西方读者所理解的中国侦探小说，无论是厄尔·比格斯（Earl Biggers, 1884—1933）的“查理·张系列小说”（Charlie Chang series），还是萨克斯·罗默（Sax Rohmer, 1883—1959）的“傅满洲系列小说”（Fu Manchu series），其实都是“误判”。真正的中国侦探小说是如《武则天四大谜案》这样的中国公案小说。而公案小说早在1600年就已经存在，时间要比爱伦·坡“发明”侦探小说的年代，或者柯南·道尔（Conan Doyle，1859—1930）“打造”福尔摩斯的年代，早出几个世纪。公案小说多有特色，主题之丰富、情节之复杂、结构之缜密，即便是按照西方的标准，也毫不逊色。然而，由于一些文化传统的原因，迄今这类小说不为广大西方读者所知。他呼吁西方侦探小说作家应该关注这一被遗忘的角落，积极改写或创作以中国古代探案为主要内容的侦探小说。[①]鉴于和者甚寡，1950年，他尝试创作了以狄公为主角的《迷宫谜案》。

深厚的汉学修养以及对中国历史文化的痴迷，让高罗佩在创作这十

① *Celebrated Cases of Judge Dee: An Authentic Eighteenth Century Chinese DetectiveNovel,* Translated and with an Introduction and with notes by Robert van Gulik,Dover Publications, Inc, New York, 1976, pp. i–v.

六卷狄公案时有意无意地融入了较多的中国古代文化元素。“漆画屏风”“柳园图”“朝云观”“紫云寺”“红阁子”，这些关键词本身就是一幅幅色彩斑斓的风俗画，给西方读者以丰富的中国文化意象；而小说中的许多故事场景，如“迷宫”“花亭”“半月街”“桂园”“乐苑”“黑狐祠”“白娘娘庙”“罗县令府邸”，更无疑是生动的中国建筑大览。此外，还有许多与案情有关的关键物件，如竖琴、棋谱、毛笔、画轴、香炉、算盘、绢帕，也不啻一件件极其珍稀的古文物展示，勾起了西方读者对中国传统文化的无限向往。

当然，最值得一提的是，“狄公案”蕴含的道家思想。在《迷宫谜案》故事刚一开始，高罗佩就描绘了一个仙风道骨的太原府狄公后裔。他头戴黑纱高帽，身穿宽袖长袍，胸前白髯飘拂，举止谈吐不凡。正是他，讲述了狄公当年在兰坊县任上所破解的三桩命案。之后，故事套故事，小说中又出现了一个鹤发童颜、双唇丹红、目光敏锐的道家隐士，他于狄公断案百思不得其解之际指点迷津。由此，狄公锁定了倪氏财产争夺案的元凶。

显然，高罗佩在暗示读者，狄公之所以能屡破谜案，是因为有“高人”相助，而这“高人”并非别的，乃是他所信奉的“清静无为”“顺应天道”“逍遥齐物”的老庄哲学。事实上，现实生活中的高罗佩也是一个老庄哲学推崇者。在《琴道·后序》，高罗佩曾经谈到自己的抚琴体会，认为其秘诀在于遵循老子说的“去彼取此，蝉蜕尘埃之中，优游忽荒之表，亦取其适而已”①。之后，他进一步明确指出：“我认为道家思想对琴道衍变有决定性的优势，或者说，虽然琴道的产生及基本观念源于儒家，但内涵却是典型的道家。”此外，在《中国古代房内考》中

① Robert van Gulik. *The Lore of the Chinese Lute: An Essay in the Ideology of the Ch'in*. Sophia University, Tokyo, 1941, pp. xiii.

高罗佩也有类似的说法："道家从自己与自然的原始力量和谐共处的信念中得出合理结论，并固定下来，称之为道。他们认为人类的大部分活动，都是人为的，只起到疏远人和自然的作用，由此产生非自然的、人工的人类社会以及家庭、国家、各种礼仪、专横的善恶区分。他们提倡回复到原始质朴，回复到一个长寿、幸福、没有善恶的黄金时代。"①

四

然而，高罗佩并非不分良莠、一味地融入中国古代文化元素。高罗佩曾总结了《武则天四大谜案》等中国古代公案小说的五大"弊病"。首先，小说伊始即介绍罪犯，细述犯罪的经过和动机，从而丧失了故事基本悬念。其次，崇尚神鬼等超自然力量，断案判官能潜入冥王地府与受害者对话，动物、炊具也能上法庭做证。再有，故事冗长，情节拖沓，动辄数十章，甚至数百章。再有，出场人物过多，难以分清主次、理清线索。最后，惩罚罪犯过分，残忍地诉诸暴力。②

高罗佩"狄公案小说"的整个谋篇布局，沿用西方古典式侦探小说的创作模式，并突出运用了许多行之有效的创作技巧；譬如采用阿加莎·克里斯蒂式的"高度悬疑"，几乎每卷都有这样的设置，典型的如《紫云寺谜案》；又或如柯南·道尔式的"科学探案"，这一技巧的运用集中体现在小说主要人物形象的提升和重塑上。在高罗佩的笔下，狄公已经不单是那个为政清廉、刚正不阿、体恤民生、只凭聪明才智断案的

---

① Robert van Gulik. *Sexual Life in Ancient China: A Preliminary Survey of ChineseSex and Society from Ca. 1500 B. C. till 1644 A. D.*Leiden, E. J. Brill, 1974, pp. 42–43.

② *Celebrated Cases of Judge Dee: An Authentic Eighteenth–Century Chinese DetectiveNovel,* Translated and with an Introduction and with notes by Robert van Gulik,Dover Publications, Inc, New York, 1976, pp. ii–iv.

青天大老爷，而是博学、勤政、亲民的“公务员”，是依靠仔细调查和缜密推理破案的“科学”神探。他手下的几个随从，马荣、乔泰、陶干和洪亮，也一改“四肢发达、头脑简单”的性格描写窠臼，变成有血有肉、智勇兼备的破案搭档。作为一县之长，狄公不但熟悉辖区具体政务，还擅长同各种各样的人打交道，了解他们的喜怒哀乐和实际需求。他深谙犯罪心理学，勤于现场勘查，善于从蛛丝马迹中寻找破案线索，并层层剥茧抽丝，缜密推理。在《漆画屏风谜案》第五章，高罗佩以十分细腻的笔触，描述了狄公如何在沼泽地查看一具女尸的情景：

> 狄公重新掀开裹盖女尸的袍服。除了那袍服外，女尸一丝不挂，一把短剑从左侧乳房直插胸部，露出剑柄。剑柄周围有一摊干涸的血。他细看那剑柄，发现质地为白银，上面镂刻了美丽的花纹，不过年代已久，呈现出黑色。他断定，这把短剑是一件稀世古董，只因那个乞丐不识货，在盗窃耳环和手镯的时候，没有将它拔出带走。他摸了摸那乳房，表面冷而黏湿，接着又抬起她的一只胳膊，觉得还有弹性。看来，这个女人被害的时间不过几个时辰。他想着，这安详的神态、简便的发型、裸露的胴体、赤裸的双脚，都说明她是在床上熟睡时被害的。①

这段描写，与柯南·道尔在《巴斯克维尔的猎犬》中描述福尔摩斯现场勘查爵士死因简直有异曲同工之妙。不过，高罗佩没有无限拔高狄公，而是描写他有时也会被假象所蒙蔽，也会因怀疑自己判断有误而心虚。此外，他还有七情六欲，不但娶有三房夫人，还看见美丽、善良的女人

① Robert van Gulik. *The Lacquer Screen: a Chinese Detective Story*. The Universityof Chicago Press, Chicago, 1992, p. 52.

就动心。《铁针谜案》中暗恋郭夫人便是一例。

再如约翰·卡尔的“密室谋杀”。所谓密室谋杀，是指罪犯在一个完全封闭、看似无法出入的空间环境内所实施的谋杀，往往产生一种独特的惊悚、神秘的效果。高罗佩似乎谙于这一技巧，在大部分“谜案”中都有展示。《红阁子谜案》中的举人李琏和花魁娘子秋月先后“自杀”，显然是一种密室谋杀，因为两人均死在卧室，房门紧锁；而《朝云观谜案》中的前任住持玉镜“讲道时突然仙逝”，也是与密室谋杀不无联系，因为众目睽睽之下，凶手没有任何作案机会。

立足西方古典式侦探小说创作模式，选择性融入中国古代文化元素，一切以故事情节生动为准则，高罗佩的十六卷“狄公案小说”就是这样成为早期西方历史侦探小说的成功范例，同时也赢得世界千千万万读者的青睐。

黄禄善

2017年10月26日

2020年12月1日修订

黄禄善，上海大学外国语学院教授，上海作家协会会员、上海翻译家协会理事，英国皇家特许语言家学会中国分会副会长。译有《美国的悲剧》等十部英美长篇小说，主编过八套大中小外国文学丛书，其中由长江文艺出版社、花城出版社出版的“世界文学名著典藏”（精装豪华本）近二百卷。

主要人物

柳园图谜案

大理卿，赈灾特使	**狄仁杰**
都尉，狄仁杰的随从	**马　荣**
都尉，狄仁杰的随从	**乔　泰**
大理寺主簿	**陶　干**
富有的士族	**叶奎林**
叶奎林的夫人	**叶夫人**
叶夫人的侍女	**桂　花**
叶奎林的朋友	**何　鹏**
富商	**梅　亮**
梅亮的夫人	**梅夫人**
京城名医	**卢医生**
木偶艺人	**袁老头**
袁老头的女儿	**白　蓝**
袁老头的女儿	**嫣　红**

一

“天哪！”妇人把血肉模糊的尸体放在大理石地板上，气喘吁吁地说道，“这老东西死沉。来，帮忙朝楼梯口挪挪。”

妇人对着尸体思量了一会儿，用袖筒擦拭着汗涔涔的脸，薄纱睡衣透出她白皙、玲珑的曼妙身姿，她抬起头道：“就让他横在这儿，像是下楼踩空滚下楼梯一样，又或像因为眩晕跌落下来。随他们想去，到他这个岁数，什么事都有可能。”

忽然，妇人又摇头道：“不成，我得把他的头挪到扶梯柱子边，这样人们就会认为他跌下楼时，脑袋正好撞上这扶梯柱子，对吧。唉！真是一团糟。还是你来弄吧，那样会更好些。白色大理石上的血迹太显眼，他们不可能看不见的。现在，你上楼去，到他的书房拿一支蜡烛出来，丢在上面的楼梯口。当心，上面黑漆漆的。”

妇人抬起头，睁大眼睛，目光焦虑地盯着那男子，一直到他登上陡直的大理石楼梯。楼梯建在宽敞、高大的厅堂中央。厅堂昏暗，只有月牙门边案几上的枝形烛台亮着。

似乎过了很久，妇人才透过楼梯扶手，看见楼上有烛光在动。男人将蜡烛丢在上面楼梯口的大理石地板上，烛光一闪，顿时，楼上又是一片漆黑。

“快下楼来！”妇人不耐烦地轻呼一声。接着，她俯身从死者的脚上摘下一只便鞋，扔向正在下楼梯的男人，“接住，太好了！把那只鞋放在楼梯中间的台阶上。好了，现在应该是天衣无缝了。”

二

狄公身着金色刺绣官袍，双手撑在廊台的大理石栏杆上，神情忧郁地凝望着寂寥的夜空。夜深沉，重云迭迭，黑压压地笼罩着全城。官邸周围的楼宇宫阙、城墙雉堞，变成了黑影一片。廊台上只有孤灯一盏，全城死一般的静寂。

“圣上和朝廷官员都已移驾离京。”狄公声音嘶哑地说道，“而今，死亡之神控制着这座帝都，全城一片恐慌。”

狄公身旁静静站着一人，他英俊魁梧，身着戎装，方正的脸上露出焦虑的神情。从铠甲当胸的徽号来看，他已官至都尉官衔。他右手握着腰间的刀柄，时不时抬手推推头上带尖刺的头盔。此刻，他额头上已满是汗水，即便是站在官邸四楼的露台，也是感觉闷热难挨。

狄公直起身子，双手拢入袖中，凝望着黑漆漆的都城，继续又道：“白天，城中不见人影，唯有穿着黑色兜帽长衫的收尸人，拉着板车沿街收尸。而此刻，到了夜晚，黑影重重，一片死寂。”他回身对随从道，“但是，乔泰，在那下面，老城的犄角旮旯，有一种阴森的东西在蠢蠢欲动。不知你是否觉察到，有一股死亡、腐朽之气在京城涌动、弥漫，像一块裹尸布笼罩着全城，令人窒息。”

乔泰缓缓地点了点头，答道：“是的，大人，寂静得可怕。瘟疫刚开始时，城中的老百姓就已经大门紧闭，很少外出了，但是，为了祈雨，他们每日里还会抬着龙王爷的神像走街串巷。与此同时，为了祈求观音娘娘禳灾降福，寺庙里每日清晨和夜晚也会传出敲锣打鼓的喧嚣声。现如今，老百姓连祈神拜佛之事都放弃了，街上，连小贩的吆喝声都很难听到了。”

狄公摇了摇头，踱步进入红漆廊柱后的书房。狄公的书房有意设在官邸的顶楼，为的是能俯瞰整个京城。书房内摆了一张巨大的大理石案桌，上面凌乱地堆放着各种文案和卷宗。狄公走到桌边的太师椅坐下，高高立起的官帽上，帽翅因微微抖动而发出细微的声响。他整了整官袍上方挺括的刺绣衣领，喃喃自语道：“在这污浊的空气中，连呼吸都很困难。”

他抬起头来，略显疲惫地问道：“乔泰，陶干是否已经将今晚的巡逻记录报上？”

乔泰正俯身在桌案上翻阅一份打开一半的卷宗，蹙眉说道：

狄公和乔泰（高罗佩　绘）

"大人，城里的死亡人数依然在增加。死者多半是成年男子和少年男女，妇孺的死亡人数略低。"

狄公无奈地抬了抬手。"对瘟疫的起因，我们几乎一无所知。"狄公说道，"有人说是瘴疠之气所致，有人说是污浊之水所致，又有人说是老鼠在作祟。我出任赈济特使已半月有余，却始终无能为力，无所作为，实在是郁闷。"狄公愠怒地捋了捋花白的胡须说道："今日下午，在城中市集发放灾粮的官员向我禀报，说放粮又出了岔子，没有了富商梅亮的帮助，赈灾放粮真是举步维艰。虽说还有几位富贾留守城中，却又都失信于民。他们岂能替代梅亮？我只好让那官员另谋良策。乔泰，梅亮失足，死于非命，不亚于另一场灾难啊。"

"大人所言甚是。梅员外对赈灾放粮确实尽心尽力，虽说年事已高，但事必躬亲。而且，危难之时，他亦是相当慷慨，经常以黑市价购得大量蔬菜和肉，分发给穷苦灾民。唉！太不幸了，在自己家中，他老人家居然也不慎失足跌下楼来！"

"他定是下楼时疾病发作，"狄公说道，"又或者是一阵眩晕，绝不可能是踩空楼梯跌落下来。虽然他年事已高，但据我观察，他的视力仍然相当好。只可惜，在我们最需要他鼎力相助之时，这个好人却一命归西。"狄公抿了一口乔泰奉上的热茶，继续又道，"据闻，那颇受欢迎的医生也在案发现场，我记得他好像姓卢，应该是梅府的私家医生。乔泰，你命人到他的住所，唤他来见我。我对梅员外向来敬重，所以想问问医生，看能为他的遗孀做些什么。"

“梅员外之死，意味着城中三大家族行将没落。”一个干涩的声音从两人身后传来。

一个身材瘦长、背微驼的男人悄声无息地出现在露台上。此人脚蹬毡靴，身着褐色长袍，长袍上绲着金边，衣领上绣着金色的花纹，头戴乌纱帽，一副主簿的装束。他那狭长的脸上留有稀疏的八字须和山羊胡，左侧脸颊上有颗黑痣，黑痣上长着三根长长的毛。他扯了扯黑痣上的毛，继续说道：

“梅员外的两个儿子年少夭折，他的原配过世后，续弦夫人并无生养，现在只剩一位远房侄儿，梅家可不就行将没落了！”

“陶干，你已阅过梅家的卷宗了?!”狄公惊叹道，“梅亮昨夜之死，是今晨才传开的。”

“启禀大人，一月之前，属下就已查阅过梅家卷宗。”陶干平静地回复道，“岂止是梅家，这一个半月来，属下把城中望族的卷宗全都查阅了一遍，每晚查阅一族。”

“属下也曾见过这些卷宗。”乔泰道，“大部分家族的卷宗都有好几箱，要完成一族卷宗的阅读，恐怕陶兄你需要通宵达旦吧！”

“是啊，好在我向来睡眠少。阅读这些卷宗，从中亦得到许多的乐趣。”

狄公好奇地看了一眼这位清瘦的属下。这位寡言少语、才思敏捷的属下已跟随自己多年。他足智多谋，经验丰富，在他的身上总能有新的发现。狄公说道：“时至今日，梅氏家族即告衰落，城中的望族就只剩叶、何两家了。”

陶干点头道：“早在百年之前，中原大乱之时，三大家族便已掌控此地，当时我朝尚未建立，此处亦不是京城。”

狄公捋了捋长须，继续听陶干娓娓道来。

“真是一群奇怪的名流，自称‘旧人’，所有不属于他们圈子的人均被视作新人，我相信，亦包括我们的圣上。据闻，他们彼此之间，仍沿用旧朝的贵族封号，用特殊的方言交流。”

“大人，他们是有意藐视当朝，”陶干说，“他们自视清高，从不参与政事，彼此之间互通婚姻，亦不乏主仆滥交，是旧朝无序体制的余孽。他们生活在狭小的圈子里，避世于这座繁华、喧嚣的都城。”

“梅亮却是一个例外。”狄公若有所思道，“此次应对京城瘟疫，他倒是尽心尽职。至于叶、何两家的子嗣，我至今未曾见过。”

一旁听了多时的乔泰，此刻忍不住插嘴道：“大人，城中的老百姓，都把梅亮之死当作不祥的征兆。他们坚信，这些大族与这座城的命运息息相关，都是气数已尽。街头巷尾正流传着一首歌谣，老百姓对此深信不疑，说预言了这座城的结局。当然，这都是无稽之谈。”

狄公道：“那些街头巷尾的歌谣，向来非常有趣，无人知晓出自何时、何地，忽然之间像野火般传播开来。乔泰，这次的歌谣说的又是什么？”

“回禀大人，只是一首拙劣的歌谣，共有五句：

一二三，
梅何叶，
一失其床，
二失其目，
三失其首。

“梅员外坠楼破颅而死，衙役们便认为末尾一句指的就是梅员外。”

狄公面露焦虑，说道：“在此多事之际，老百姓极易被这些谣传所蛊惑。也不知你手下的侍卫，可否有情况上报？”

乔泰应道：“情况可能会变得更糟，但目前尚好，粮仓尚安全，城中亦未出现大肆抢劫、暴乱之事。我与马荣已做好一切准备，以应对滋事者。眼下的确是歹徒为非作歹的好时机：病殁百姓的尸体堆积如山，焚尸场急需大量人手帮忙处理，有些人被调配前往协助，致使城中巡夜人员减少。而且，多数豪门贵族都是匆匆忙忙逃离京城的。他们并未妥善安排人手看守空无一人的府邸。”

陶干嘬了嘬嘴，说道：“即使是那些留在城中的富人，也都遣散了家中的奴仆，只留下几个忠心的家仆。此刻，京城真是盗贼的天堂！但是，目前那些盗贼还未趁机肆意为非作歹，此乃大幸。”

“诸位，切不可被眼前的平静所蒙蔽。”狄公严肃地说道，“此刻，肆虐的瘟疫让百姓们害怕，也让人手足无措。然而，这种害怕随时会转变成恐慌，到那时，全京城就会发生骚乱、暴动。”

乔泰随即说道：“大人不必担忧，马兄和属下已经周密安排，在新旧两城的每个关口，都有精兵强将把守。我相信，一有滋事的苗头，我们便能很快遏制住。况且，城中已经实施戒严令，随时随地可以惩处滋事者，我们……”

未等乔泰说完，狄公挥手打断道：“听！街上是否仍有人在卖唱?”

楼下街巷传来一个纤细、幽怨的女声。狄公等隐约听见还有月琴的声音：

月儿弯弯挂九州，
嫦娥娘娘莫怪奴，
珠帘早早掩入牖，
只为相思愁更愁，
……

突然，歌声被一阵毛骨悚然的尖叫声所打断。

狄公赶忙一挥手，让乔泰去看看。乔泰随即飞奔下楼。

三

卖唱女子用月琴紧紧挡住微裸的前胸，再一次尖叫起来。两个身穿黑色兜帽长袍的男子围着她，其中一人的兜帽不小心向后滑落，露出一张红肿的脸，上面尽是青色的疱疹。他从宽大的袖笼里伸出双臂，试图扑向卖唱的女子。那女子惶恐地朝昏暗狭窄的街巷里张望，期盼有人施救。忽然，另一个黑衣男子扯了扯同伴的袖子。正在这时，一个身穿蓝色锦缎长袍的瘦高男子出现在街角。那两个黑衣人马上丢下卖唱的女子，仓皇消失在夜幕笼罩的街巷中。

卖唱女子快步奔向蓝衣男子，惊呼道："他们一定是染了瘟疫！我看见他们的脸了，太可怕了！"

男子伸出纤细的手，微笑着拍着卖唱女子的后背，安抚着。该男子头戴一顶方形乌纱，面容白皙，留着乌黑的八字须和短短的山羊胡。他和蔼地说道："姑娘，不用害怕，有我在这儿，你绝对安全。"

听闻此言，卖唱女子不禁掩面而泣。卖唱女子上穿一件宽松的绿色缀花短衫，酥胸半掩，下穿暗灰丝绸百褶长裙。男子见状，即刻将自己随身携带的红色猪皮药箱移到胸前，对卖唱女子说道："姑娘，请放宽心，你瞧，我是一名医生。"

卖唱女子抹了把脸，这才抬头打量起男子。男子看上去温文尔雅，举止得体，只是稍微有些驼背。

女子道："有劳先生了。原以为这儿离官府近，相对比较安全，却未料到今晚会遭此惊扰……只是，我才打起精神唱了两句，就碰上了那两个恶人……"

"姑娘应多加小心才是。"男子柔声说道，"姑娘左胸受伤了。"

那女子听闻，赶紧将身上的短衫拢了拢，结结巴巴地说："不，不碍事的。"

蓝衣男子殷勤道："我帮你上些药膏吧，姑娘看似年少，我猜，二八？让我来照顾你吧！"

女子微微颔首道："多谢了，不劳先生，我得回去……"

不等女子说完，蓝衣男子快步向前，伸手揽住女子肩膀，低头凑近道：

"美人，你可知，你的面容真是甜美。"

两名黑衣人围住了卖唱女子（高罗佩　绘）

女子试图挣脱，无奈双肩被男子牢牢搂住。

“别动，美人，跟我回去。卢医生我会好好待你的，我家就在附近，到时我会付你银两的。”

女子推开男子，说道：“放开我，我不是青楼女子，我是……”

“不要假正经了，美人。”男子恶声说道。

女子试图甩开男子，不想胸前的衣襟又扯了开来，她急切地大声叫道：“让我走！”

那男人用左手牢牢抓住了女子的衣领，右手不怀好意地抓住女子的胸部，女子发出痛楚的尖叫。

就在此刻，鹅卵石街面上响起皮靴的踢踏声，随即传来一阵呵斥声：“嘿，那儿！怎么回事？”

蓝衣男子连忙松手。卖唱女子看见一个头戴尖顶帽盔的魁梧男子迈步走来。她连忙抓紧月琴，提起长裙，碎步疾逃。来人正是乔泰，他瞥见女子的裙摆已被撕破，奔跑时露出白皙的双腿。

“什么世道，医生都不能太太平平地出诊！”蓝衣男子佯装生气地说道，“长官，这些肮脏的烟花女子应该被禁止出行。”

乔泰的目光越过蓝衣男子的肩头，示意两名随他而来的侍卫返回官衙，守护大门。他手扶长剑，打量一下蓝衣男子，厉声命令道：“报上名来！”

“在下姓卢，行医为业，家住城东。出诊路上，有青楼女子纠缠，本应及时向官衙禀报，只因匆忙……”

“你说你是卢医生？太好了！狄大人正要见你。”

“荣幸之至，大人！可否明日一早去见狄大人?”

“你须得即刻去见狄大人。”

“大人，我正要出诊，他或许已染上了瘟疫，他可是官宦人家。”

“将死之人多如老鼠，什么官宦不官宦的，随我来!”

四

乔泰迈步登上官邸顶楼的露台。从清早便开始忙碌的乔泰，此刻已疲惫万分，步履略显迟缓，那卢医生则跟随其后。

狄公正坐在桌案边，俯身看一张地图，陶干则手持一捆卷宗静立而侍。待乔泰向狄公行礼之时，卢医生径自跪在楼梯台阶上。

“大人，适才尖叫的是街头的卖唱女子。”乔泰禀道，“这男人声称卖唱女想勾搭他，此人正是大人要见的卢医生。”

狄公扫了一眼下面跪着的男子，问道：“那卖唱女子现在何处？”

“大人，她已逃走了。”乔泰道。

“我明白了。”狄公靠回椅背，对医生说道，“你起来吧。”

卢医生急忙起身，踏步跨上露台来到书房，向狄公略施一礼。狄公缓缓捋了捋胡须，仔细地打量着卢医生，道：“卢医生，适才在街巷发生了何事？”

“回大人，在下正带着药箱赶去给病人看诊。”他拿出那只扁平的红漆猪皮药箱，让狄公过目。接着说道，“行至街角时，在下看见两个黑衣男子正在纠缠一名女子，那俩人像是收尸人。我便快步上前，赶走了那两个欲图不轨的男子。不承想，那女子是个街头卖淫女，非但不言谢，转身便来勾搭我。我让她好自为之，休要纠缠，哪知她扯着我的袖子不放。我只得用力推开她，她反倒大声尖叫起来，显然是想闹事，讹我钱财。幸好，这位大人及时赶到，那女子才仓皇而逃。”

乔泰正欲开口理论，狄公忙向他摇头示意。他和颜悦色地对卢医生说道：“卢医生，本官见你，是想了解一下昨晚梅员外猝死之事。听闻你当时就在场？”

卢医生伤心地摇了摇头。

“不，大人，在下并未亲见这不幸。那真是一件憾事，不仅……”

“仵作说你在场的啊！”狄公厉声打断道。

“大人，在下那会儿确实在梅府，是在梅府的西厢房，而事故是发生在东厢房。”

“哦，请将事情的原委细细说与本官。”

“这是自然，大人。昨晚戌时，梅老爷把在下召去梅府，为他的管家把脉诊治。昨日，老管家像往日一样在府中忙碌，酉时中却突感不适，于是梅老爷便让他去床上歇着。现如今瘟疫蔓延，在这种情况下，大家都会往坏里想，便怀疑他罹患瘟疫。在下看诊后发现，他只是一般的伤风发热，在这个季节倒也是常见。之后，梅老爷邀请在下与他一起用饭。由于管家卧病在床，其他的仆人又都被遣散去了山里的别墅，于是梅夫人亲自伺候我们用饭。要在下说，那真是不便，让女主人出面端茶送饭……饭后，我们一直聊至亥时。梅老爷起身说，要去二楼东厢书房看会儿书，而后准备就在书房的卧榻睡了。他对梅夫人说：'你也累了一天了，好好在卧房睡一觉。'大人，梅老爷向来是个体贴周到的人。"

卢医生长叹一声，继续道："辞别了梅老爷，在下顺道探望了住在门房里的老管家，看他是否好些。未承想，老管家的病情加重，烧得更厉害了。于是，在下连忙给他服药，在床边伺候，等着药剂发挥效用。偌大的宅子，原先应该是忙碌、热闹的，此刻却是一片沉寂，阴森森的感觉，让人毛骨悚然。忽然，从东厢房里传来女子的尖叫声。在下连忙从老管家的房中出来，走到院子的时候，正碰到惊魂未定的梅夫人。她……"

"那是什么时辰？"狄公问道。

"将近亥时，大人。她呜咽着告诉在下，说她刚刚看见梅老爷躺在厅堂的大理石楼梯口，气息全无。在下随她赶往厅堂的路上，她告诉在下，就寝之前，她正打算去楼上书房看看梅老爷还需要些什么，哪知一踏进厅堂，就见梅老爷躺在那儿。她尖叫着跑来门房，指望管家身体恢复，能帮她……”

“既然如此，你可曾检查过尸体？”

“回大人，在下只是粗略地检查了一下。梅老爷的头撞在了楼下左侧楼梯扶手的凸处，额骨碎裂，可能是当场毙命。那楼梯有点陡，他定是下楼时突发中风跌下来的。之所以这么说，是因为在下楼梯口掉着一根熄灭的蜡烛，一只便鞋又落在了楼梯中间。恕在下直言，大人，情况很可能就是这样的。最近，梅老爷经常抱怨头疼得厉害，在下一直劝他要多加休息，毕竟是年近七十的老人了。但他对我的劝告置之不理，每天仍然起早贪黑地指挥放粮，在嘈杂的人群中，耐心地聆听人们的哀叹。他真是一个乐善好施的好人。大人，他的过世真是一大悲哀。”

“确实如此。后来你又做了什么？”

“回大人，在下让梅夫人服了一剂安神药，接着便去探望老管家了，当时老管家已经安然入睡。随后，在下交代梅夫人，让她一切维持原样。之后，在下就直接去官府衙门请仵作了。官府的衙役们都很忙碌，找不到仵作。有人告诉在下，说仵作正在焚尸场巡查。于是在下就直接回家了。今日一早，在下再去官府时，恰巧碰上仵作，于是便领他去了梅府。万幸的是，老管家已经完全康复，他已经可以出门张罗丧事了。仵作查验尸体时，在下一直在场，他发现……”

“可以了，卢医生，本官已看过他的尸格。本官只是担心梅夫人，操办丧事要许多人手，怕她顾及不暇。医生，就有劳你去梅府一趟，告知梅夫人，本县会安排几名衙役前去相帮。”

“大人仁慈，梅夫人定会十分感激。”言毕，卢医生施礼，转身下了楼梯。

“装模作样的混蛋!”乔泰怒骂道，“大人，方才他所说如何从那俩收尸人手中救出卖唱女，实属一派谎言，是他在非礼那姑娘，而不是那姑娘在纠缠他。”

“我已有所察觉，”狄公冷静地说道，“这卢医生并非良善。这就是为何我要那么细致地询问他了，你们也听见了。虽说他医术精湛，但尸格中的一个疑点，我并不想问他。陶干，你能否找到那份尸格，应该就在那沓文案中。”

陶干俯身在一沓文案中找出那份尸格，呈给狄公。

“这份尸格简明扼要。”狄公扫了一眼尸格，赞许地说道，“你们听着：死者梅亮，男，商人，时年六十九岁，前额骨撞击而碎，撞击物乃底层楼梯扶手凸状物，凸状物顶端沾有少许灰白头发和血迹。左脸颊有黑色污迹，疑为煤烟或墨迹。身体左右两侧严重挫伤，腿部、背部和肩部的挫伤更为严重。暂定为：意外猝死。”

狄公将尸格往书案上一扔，缓缓说道：“跌下楼时，当然会有挫伤。我的疑点是那些黑色污迹。”

“老人家不是一直在书房吗?”乔泰说道，“显然，他在那儿写东西，定是不小心沾了些墨汁在脸上。”

“如果砚台残留有墨汁，磨墨时也会有墨汁溅出的。”陶干补充道。

“也可以这样解释。”狄公亦道，“乔泰，还有一事，你的手下可已将城中的下水道堵上了?”

“回大人，老城区以外的所有下水道都已用铁格栅封住了，一只老鼠也逃不掉。今日下午，手下人开始在老城区封下水道。属下已和马荣约好了，今晚便去察看进展情况。”

“好，你俩回来即刻向我复命。我还有一些事要与陶干一起处理，想必要忙到半夜了。”

五

马荣怒视着掌中的酒杯，自言自语道："这种鬼地方也配叫'五福客栈'！乔兄该选一个热闹点的地方。不过也是，现如今哪儿有热闹的地方。"他抿了一口杯中的烈酒，皱眉蹙眼，重重地把酒杯墩在桌上，打了个长长的哈欠。最近这段时日，由于公务繁忙，他每晚只睡几个时辰，此刻人已是相当疲倦。马荣体格健硕，比乔泰还高出几分，发达的肌肉紧紧箍在紧身铠甲下。他亦是都尉官衔，只是他把当胸的徽号摘了下来，塞在头盔里，以免街上过往军卒向他行礼，徒增麻烦。

马荣双臂抱在胸前，沉着脸望向狭长的柜台。柜台是由几块粗木板搭成的，一角摆着一盏粗陶制成的油灯，照着昏暗的店堂。低矮的屋顶椽子上挂了许多蜘蛛网，憋闷、燥热的空气里混杂着陈酒烂肉的臭味。店主是个乖戾的驼背男人，他替马荣上完酒菜后，就退回到后厢房。

这里除了马荣，只有一位老者孤单地坐在角落里。老者刻意不看马荣，只神情专注地端详着手中那个衣着花哨的提线木偶，他面前的桌上还放着两个木偶。老者衣衫褴褛，裤子上满是补丁，蓝布外衣与他身后墙上褪色的蓝色布帘倒是十分相衬，灰白头发上戴着一顶沾满油污的瓜皮帽。

老者的右肩上蹲着一只棕色的小猴，毛茸茸的尾巴勾在老者的脖子上。它似乎对马荣的注视很不满。它皱起眼眉，绷紧灰白的猴脸，顶毛竖起，龇牙咧嘴地发出一声声尖厉的嘶叫。这会儿，老者才抬起头，揶揄地看了眼马荣，低声开导道：

“军爷，若想再来一杯，就直接喊吧。掌柜正在后厢房安抚他的婆娘。半个时辰前，对门抬走了三具遭瘟的尸体，他婆娘定是相当难过。”

“他只管安抚他婆娘去。”马荣粗声答道，“这等劣酒，一杯就够了。”

“安静点！”老者柔声呵斥着小猴，拍着它的小圆脑袋说道，“军爷，这小客栈小本经营，本也是为囊中羞涩的人所设，好在它位置好，在城郊之间，所以生意尚可。”

“这还挂五福的招牌，真够厚脸皮的。”马荣挖苦道。

“有何不可？”老者略一沉思道，“所谓五福，高官、厚禄、长寿、健康、多子。为何此店不能挂这招牌？军爷，本店的后墙正是此地一户富贵人家的宅邸，店门街对面便是贫民窟。此店也可以说是一个界线，分隔了富人和穷人，也分割了五福。高官、厚禄、长寿、健康归了富人；多子，太多的孩子，归了穷人。四比一，但是，穷人一点也不抱怨。对他们来说，有一福已足够。”

老者说着，将手中的木偶放下，手指灵巧地拨弄几下，就把木偶的头从身子上卸了下来。马荣起身走到老者桌边，坐在对面的凳子上道：

“你们这行当真是有趣。我平素就爱看木偶戏。那些木偶士兵被你们弄得可以舞枪弄棒，真是精彩！你在找什么呀？”马荣见老者在身旁放木偶的竹篮子里翻来翻去，不禁发问道。

“我找不到合适的脑袋配这只木偶！”老者愤懑地说道，“我要找一张恶棍的脸。你看，我已做好了身子，膀大腰圆的，就是找不到一个合适的脑袋。”

“嘿，那还不容易？所有戏里的恶棍都是这副模样。”说着，马荣鼓起了腮帮子，瞪眉瞠眼，嘴巴歪斜在一边，做出一副凶神恶煞的模样。

耍木偶的老者不屑地看了马荣一眼。

“军爷，那些只是戏台上的恶棍无赖。在戏院里，所有的角色只有好坏之分，让人一看便明白。但是，我的木偶可不比他们，我的木偶小归小，却和真人一般模样。我可不想要一个戏台上的恶棍，你可明白？”

“我还真不明白。但是，既然你是行家，自然知道怎么弄。嗨，你叫什么名字？”

“在下姓袁，在老城被称为袁木偶。”他边说边把木偶放回竹篮里，“你可了解老城？”

“不是很清楚，我今晚正准备去一趟。”

“军爷，你真该去瞧瞧那儿的老百姓是如何生活的。到处都是阴暗、潮湿的破房子，或是一半在地下的废旧地窖。不过，比起富人家的好房子，我还就喜欢住在这些破房子里。”袁老头抚摸着小猴背上的软毛，沉吟道：“穷人们一天到晚忙着填饱肚子，哪有时间去想着寻欢作乐？这都是我们身后大房子里富人家做的事。”他竖起大拇指往肩后指了指。

“你又是如何知道这些的？”马荣漫不经心地问道。此刻，马荣对那卖艺人的絮叨已生厌烦，期盼乔泰能早些来。

“军爷，你是绝对想不到的。”袁老头接着说道，“这帘子后面的墙上有一条缝，正好能让你看见后面那富人家的内院，其实是那家的房廊。有时，还真能瞧见一些奇怪的事发生。”

“胡扯！”马荣很不耐烦。

袁老头耸了耸肩说：“你自己来瞧一瞧。”

说完，坐在凳上的袁老头半转过身子去，将墙上的蓝色帘子掀开一条缝，向里张望着。接着，他转回身子对马荣冷冷地说道：

“看这些有钱人的把戏！”

禁不住好奇心，马荣起身贴近布帘子，也从那缝隙往里张望。他不由深呼了一口气。透过砖墙上那道狭窄弯曲的缝隙，马荣看见一处昏暗的红瓦廊房，廊房后有一道拱门，上面遮着一张竹帘，左右两边是两排红色的廊柱。令他惊恐无语的是，廊房中央站着一个瘦高男子，他背对着马荣，身着黑色丝绸长衫，右手举着一根长鞭，正以一种奇怪的姿势抽打一个裸身女子。那女子赤身裸体地趴在一张矮榻上，身子僵硬，黑色的长发垂到红砖地上，满身鲜血淋漓。突然，那男子停止鞭挞，高举鞭子的右手停在半空。只见两只大鸟扑打着色彩斑斓的翅膀，从廊柱间飞过。

马荣骂骂咧咧地转过身来，对袁老头嚷道："来呀，我们去抓了那混蛋！"袁老头一把扯住他的手臂。马荣一把把他甩开，急急说道："不要怕，我是都尉。"

"莫急，"袁老头平静地说道，"你要的人就在这儿。"说完，他手臂一挥，熟练地掀开了蓝色布帘。原来这蓝色布帘后面的墙上，有一个靠三脚架支撑着的方形箱子，箱子正面开了一条窄缝。

马荣一时蒙了。看到马荣的窘相，袁老头面带愉悦地解释道："那是我的影戏箱。"

"妈的，耍我啊！"马荣终于爆发了。

这时，袁老头将手伸到箱子背后，摸索道："这儿有三十多幅画片，说的都是旧时的人物故事。军爷不妨再看一幅。"

马荣抵不住诱惑，又将脸凑到那条缝前。这回，他看见一幢精致的楼阁，坐落在河岸边，河岸两边杨柳依依，随风摇曳。一叶小舟沿着河岸缓缓驶来，船上一个年轻男子戴着斗笠，撑着篙橹，船尾坐着一个俊俏的妙龄女子。忽然，楼阁上方的廊门打开了，走出一位须发皆白的老者。就在这时，箱子里一片漆黑，影像全无。

袁老头解释道："箱子里的蜡烛点完了，没法再看下去。这才看了一小会儿，你也不必付钱了。"

"你是怎么做成这些小人的？他们和真人毫无二致，而且还能动。"马荣好奇地问道。

"我用硬纸板剪下他们的模样，用一种特殊的光影，把他们放大，你懂吗？这是我自己发明的。要让这些小人儿动起来，我得用细细的马鬃牵住每个小人，手指须灵巧。但是，除此之外……"

老人突然停了下来，向旁边瞥了一眼，只见店门呼的一下开了，一位秀气的年轻女子走了进来。

六

那女子亭亭玉立，一双扑闪的大眼睛傲慢地将店堂扫了一遍。她衣着寒碜，上身一件墨绿绣花短衫，花纹已经暗淡，下配一条破旧的黑丝百褶长裙。上衣微敞，露出一抹黑丝胸衣，丰满的胸脯若隐若现。女子清秀的鹅蛋脸粉嫩光洁，脸色稍显苍白，更衬出她那张微启的红唇。一头青丝只是随意往后梳着，在后颈绾了一个圆髻。

马荣呆呆地盯着那女子，着魔一般，自忖从未见过如此貌美的女子，即便穿着破旧衣裳，也挡不住其端庄秀丽的气质。再观其杨柳细腰、圆乳丰臀，他忽然意识到自己竟不像往日那般想入非非，而是心无一丝杂念，徒生出来的只有仰慕，这是他从未有过的体验。“我一定是老了！”他暗自神伤起来。

此时，袁老头的小猴发出一阵不寻常的哀鸣声。

“不许闹！”袁老头呵斥道。此刻，他的声音有些喑哑，不似方才说影戏时那般生动。

再看那女子，环顾一圈后，便径直朝柜台走去，丝绸百褶裙裹着她修长的双腿，窸窣有声。她径自端起一个酒缸，放在柜台上，柜台木板被震得发出嘎吱声。驼背掌柜听到声响，便从后厢房出来。瞥见绿衣女子后，他那张干瘪、阴沉的脸顿时容光焕发。他拿出一个酒杯，满脸堆笑地为女子斟满酒，那绿衣女子端起杯子一饮而尽，放下酒杯等着掌柜再斟酒。

“那姑娘真是好酒量！”马荣欢喜地咧开嘴对袁老头说道，眼睛却一刻没离开过绿衣女子。绿衣女子显然已察觉到马荣的目光。她转过身来，上上下下地打量着马荣，面露傲慢神色。面对如此迷人之尤物，马荣本想起身搭讪，那女子却有一种魔力让他望而却步。绿衣女子皱了皱眉，转回头与驼背掌柜附耳低语了几句。掌柜咧嘴一笑，从柜台下拿出一盘咸菜，女子举起筷子便津津有味地吃了起来。

马荣怔怔地望了那女子好一会儿，才回过神来问身边的袁老头：“你可认识那女子？”

“我倒是想认识。”袁老头抚着灰白的胡须回答说。

马荣正要打趣他，说上几句老色鬼之类的俏皮话，却听到一阵嚷嚷声从门外街上传来，随即店堂的门被踢开，进来四个地痞流氓。

四个地痞把绿衣女子团团围住（高罗佩　绘）

“来四碗……”领头的那个叫道，却又戛然而止，手指捻着油腻卷曲的鬓毛，眼睛愣愣地盯着绿衣女子，全然无视坐在店堂另一处的马荣和袁老头。他不怀好意地斜着嘴巴，对他的同伙大声淫笑道：“对，先来四大碗烈酒，然后再慢慢享用这绝色女子，兄弟们，给我上！”

只见四个地痞流氓把绿衣女子团团围住，那卷鬓毛将毛茸茸的手搁在女子的手臂上，色眯眯地说：“姑娘，你真他妈的好福气啊，今晚咱们四兄弟好好陪你，我们个个都是身强力壮啊！”

绿衣女子啪的一声将酒杯放在柜台上，瞧了瞧左手臂上的那只手，冷冷地说道：

“把你那肮脏的爪子拿开。”

“先揍她一顿。”其中一个粗壮的流氓叫道，“省得那娘们皮紧！”

马荣见状，一跃而起，正要教训这帮地痞流氓，不想袁老头忽地伸出一条腿，结结实实地绊了他一跤。马荣扑倒在地，摔在两个桌子中间，压坏了一把椅子，头盔也掉了下来，实在狼狈。他试图起身，头却重重地撞在桌子角，又一趔趄，坐倒在地。恍惚一阵儿，他听到一个流氓的喊叫，“我的胳膊……你这个臭婊子！”接着又是一阵下流的咒骂声。而后，店门砰的一声关上了，震得房椽泥灰纷纷落下，随后是一片安静。

马荣迅速从地上爬起。他简直不敢相信自己的眼睛，刚才那一幕好似从未发生。那四个流氓已逃之夭夭，绿衣女子还和先前一样，站在柜台边，手中端着酒杯，驼背掌柜正殷勤地为她斟酒。只是马荣发现那女子右边袖口有一片血迹。

马荣重新戴上头盔，俯身对着袁老头咆哮道："那姑娘受伤了！你他妈为什么用脚绊我，要不是看你年岁大，否则……"

"坐下，坐下。"老人平静地说道，"你要知道，我也是为你好。人呀，最好不要卷入使用'暗袖'的争斗中，否则很容易被伤到的，都尉大人！"

马荣听后，又怔怔地坐下。

袁老头继续说道："那姑娘对付他们这几个人绰绰有余，只是折断了那长胡子的一条胳膊，他们就吓得落荒而逃，她还没真正动手呢。"

马荣若有所思地摸了摸额头撞起的包。他对"暗袖"略有所闻，在江湖上行走的女子，通常每个袖口会暗藏一枚鸡蛋大小的铁丸，以防不测。只因法令禁止普通百姓随身携带匕首和利剑，若有违反，必处以鞭刑。于是，那些女子便练就了"暗袖"这一绝技。她们随时可以收起袖口，掏出袖中的暗器，掷向目标。经过长时间的苦练，她们往往都能百发百中。轻则击伤对方手臂、肩膀，重则直接击碎太阳穴、咽喉处，让人当场毙命。

"你该先告诉我一声才是，怎能绊我摔跤？"马荣生气地咕哝道。

"都尉大人，您是太着急要去救人，哪能等着听我说完？"袁老头冷冷地说道。

此时，绿衣女子果然从右袖口处掏出一枚铁丸，将它放在柜台上。然后，将沾有血迹的衣袖放入洗碗盆里，想洗去血迹。这时驼背掌柜已不见了踪影。

马荣起身，踱步走向柜台。

“姑娘，我来帮你吧。”他声音低沉地说道。

绿衣女子扫了他一眼，耸了耸肩，大方地把手臂伸向马荣。马荣帮她清洗袖口，正想说“脱下外衣更方便洗”，却被她冷冷的目光吓了回去。女子身材颀长，高过同龄人，只矮马荣半个头。马荣见她一头青丝松散地绾着，虽然有些凌乱，却非常光亮润泽。他这才注意到，女子衣着单薄，除了外衣，只穿了胸衣和百褶裙，丰满白皙的胸脯在黑丝胸衣下一起一伏。

马荣替绿衣女子拧干外衣袖子，女子静静地立在那里，向他道了声“多谢”。马荣意欲拥她入怀，以示安慰，又想女子行走江湖举止洒脱，向来与男子平起平坐，于是止住了念头。马荣看她收起铁丸，藏进右边袖子里，好奇地说道：

“你好像没有物尽其用嘛，只藏了一个铁丸在袖中。”他指了指女子空空的左袖，“我以为两只袖子里各藏了一枚。”

女子扑闪着眼睛，瞥了他一眼，冷冷地说道：“我觉得一枚够用了。”

女子武艺这般高强，又风姿绰约，此刻的马荣已完全被绿衣女子迷住，全然不知店堂的门被打开，身后重重的脚步声已靠近。绿衣女子早已察觉，转过身去，一个声音喑哑的男子对她说道：

“姑娘，你为何要匆匆离去？你该留下来，据实状告那医生的。”

来者正是都尉乔泰，他用指节重重地敲了敲柜台，马荣如梦初醒，惊讶地瞪着自己的同伴。

“兄弟，我听到她尖叫，”乔泰解释道，“就在狄大人官邸前的街上，发现一个姓卢的家伙正在骚扰她，姓卢的是那附近的医生！”此时，驼背掌柜已回到柜台后面。乔泰向他要了一杯酒，又回头问那女子：“姑娘是否要一杯？”

“不了，多谢。”女子应道。转过身对驼背掌柜说：“给我记账吧。”

说完，绿衣女子紧了紧外衣，对众人微微一颔首，脚步轻快地朝店门走去。

“你是在何处遇见她的？”发问的是袁老头。不知何时，他已来到柜台前，满脸焦虑地盯着乔泰问道。乔泰扬起眉毛，审视着袁老头。袁老头急促地问道：“那卢医生做了什么？”

马荣向乔泰草草介绍道：“这人不错，是个跑江湖放影戏的。”乔泰这才搭理袁老头道：“我是在狄大人官邸前的街上遇见她的，当时她正弹着月琴，唱着小曲。那卢医生见她秀色可人，欲图不轨。当我赶到现场时，她已匆匆跑掉了。”

听罢，袁老头喃喃自语了一番，随即向两人硬生生地鞠了一躬，急忙走回他的角落处。他将影戏箱搁在肩上，小猴立马乖巧地跳了上去。然后他提起放木偶的竹篮，急匆匆地跨出店门。

“这事就这样了。”乔泰说道，“我们现在也该好好喝上一杯，然后办正经事去。兄弟啊，城里还有许多公务等着我们去处理，我们还要去城中查看下水道。”

马荣心不在焉地点了点头。他见驼背掌柜来为他斟酒，就不经意地问了声：“知道那姑娘是谁吗?”

“您不知道啊？她是袁老头的女儿，白蓝姑娘。”

“见鬼！她既然是那老头的女儿，为何对她老爹视而不见?”

掌柜的耸了耸肩说：“兴许和她爹在家发生了口角。要知道，白蓝姑娘生性倔强，她发起威来，很是泼辣。不过，她的杂耍技艺非常了得，她一直同她爹在城中卖艺。她还有一个双胞胎妹妹，名叫嫣红，是个世间难寻的甜美姑娘。嫣红能歌善舞，还会弹月琴。”

“兄弟，你遇见的定是嫣红姑娘。”马荣对乔泰说道。

“是嫣红姑娘又如何？今天的酒钱我付。掌柜的，结账，多少钱?”

“你可知道他们父女的住处?”马荣待乔泰付账之际又追问道。驼背掌柜机敏地瞥了他一眼，说：

“这儿住住，那儿住住，居无定所，杂耍到哪儿就住哪儿。”

“咱们走吧！”乔泰不耐烦地叫道。

两人走出店门，乔泰抬头望着漆黑的夜空，抱怨道：“一丝风都没有！”

“城里怕是会更热。”马荣说道，“府衙可有什么消息?”

“尽是些坏消息，死亡人数还在上升。那卢医生在狄大人那儿瞎编着梅员外猝死。梅员外可真是个好人，而那个姓卢的看上去就不是什么正经人。”

正说着，六个身穿黑衣兜帽衫的收尸人拖着一辆大板车拐出了街角。黑兜帽遮住了他们的脸，只留两条缝露出了眼睛。板车上堆着不成形的尸体，都用麻布片胡乱裹着。马荣和乔泰见状，连忙将领口往上提，掩住口鼻。大板车嘎吱嘎吱地碾过街道，乔泰忧心忡忡地说道：

“咱们的狄大人该和朝廷官员一道离开京城的。这样的忠良之臣真不该待在这种瘴疠之地。”

“那你去和他说啊!”马荣道。两人沿着沉寂的街巷往前走。

不知不觉，他们来到了城中运河边的通衢大道，宽阔的运河贯穿京城东西。一会儿工夫，就瞧见了一座秀美的石拱桥横跨运河两岸，此乃京城的一道风景，桥下有三个半月形的桥洞，为此得名“新月桥”。此桥已有三百多年的历史，青砖、石栏饱受风雨侵蚀、战火洗礼，却依然雄伟壮丽。以往，不分昼夜，新月桥上车水马龙，熙熙攘攘；现如今，人迹全无。

马荣、乔泰两人并肩登上石桥，途中马荣突然停下脚步，神色凝重地扶着乔泰的双臂说道：“乔兄，我打算娶白蓝姑娘为妻。”

“又来了，我希望兄弟你有一天能弄出点新花样来。”乔泰疲惫地应道。

“这次不一样，我是认真的。”马荣试图说服乔泰。

“每次你说这话时，都一个口气。这回你指的可是那小客栈里的姑娘？兄弟，她太年轻了，最多十六七岁，少不更事，你得一点一滴从头教导她。不过，兄弟你也擅于此道。何不娶个贤良淑德、明白事理的成熟女子？可免去你很多的时间和麻烦。喂，那边的人，你跑什么跑？”

乔泰正说着话，一个少年从桥的另一端疾奔过来。乔泰长臂一挥，揪住了少年的衣领。那少年一身蓝布衣裤，头发剪得很短，几近光头。

“侯爷死了，被人杀死了！”少年气喘吁吁道，“让我走，我得去衙门报案，找个衙役……”

“侯爷是谁？”马荣问，“你又是何人？”

“回军爷，我是叶府看门的。我娘发现老爷死在廊房里，她是叶夫人的贴身仆人。现在，我娘和叶夫人都在那守着呢。”

“你说的可是运河那边的叶府？”乔泰问道。少年重重地点头称是。乔泰又道：“知道是何人所为吗？”

“不知道，长官！我真弄不明白怎么会发生这种事。今天晚上，老爷明明是一个人待着的。我得赶快去报案……”

“不用去报案了。”乔泰打断他说，“现在一切命案和事务都归狄大人掌管。”他转身对马荣说道：“兄弟你回去向大人禀报此事。我刚从大人那儿来，他此刻在楼上正与陶干议事。我随这少年去叶府看看。”乔泰神色忧郁地望着河对岸的叶府感叹道：“天哪，叶侯爷死了！”

“你烦恼什么？”马荣喑哑地问道，“你又不认识那老家伙！”

“是不认识。但你也听过那歌谣，对不对！就那首‘一二三，梅何叶’的。现在只剩下何家了。前朝大族正在消亡，是如此之快，真是始料未及。”

七

狄公端坐在太师椅上，细细端详着眼前这位身材高挑的妇人。她双眸低垂，安静地立在那里，双臂恭敬地掩在宽宽的袖笼中。她穿着丝绸缟素，纤腰一束，腰带直拖到地；满头青丝云鬓高耸，耳旁那副蓝宝石金耳坠映衬着她那白皙、精致的脸庞。狄公估计她三十岁上下。他示意陶干为妇人沏了一杯茶，然后说道：

“梅夫人，您不必特意来此一趟的，有事让下人捎个口信即可。让您走这么多台阶，真让本官过意不去。”

“这是民妇的本分。”梅夫人说道，声音轻柔悦耳，“大人日理万机，却还不忘关照民妇，安排随从帮我料理丧事，民妇实在感激……遭此不幸，京城大族叶老爷和何老爷本应该会派些下人来帮的，他们都是亡夫的世交。然而，如今非常时期，他们也都自顾不暇……”梅夫人的声音越来越轻。

“是的，夫人，本官完全理解。陶干，唤你手下的书吏前来，让他带领四名衙役，陪同梅夫人回府。”吩咐完陶干，狄公又转向梅夫人道：“夫人不必焦虑，我的手下会帮你起草有关梅员外猝死的文书、祭文。不知梅员外对身后事可曾有过安排?”

“回大人，先夫希望以佛教礼仪超度。好心的卢医生已帮忙去庙里安排有关事宜，庙里住持查了佛历说，明晚戌时适宜。”

“夫人，明晚本官会亲自去府上祭拜。本官一直非常敬仰梅员外，他高行大义，乐善好施，是唯一积极为当今朝廷效力的‘旧朝名流’，城中百姓大多都受过他的恩泽。他的谢世对夫人您定是一个沉痛的打击。不过，城中百姓会同您一起哀悼梅员外的。来，夫人，请允许本官敬您一杯热茶。”

梅夫人谢过狄公，双手端起茶杯。狄公注意到，梅夫人的食指上戴着一枚漂亮的蓝宝石金戒指，与她的耳坠正好相配。如此娴静、优雅的女子，却遭此不幸，让狄公也生出怜香惜玉之情。

“夫人，您早该离开这京城的，许多富家太太在瘟疫刚开始时就离开了，本官认为这是最明智的做法。”狄公说着，将案几上盛着点心的白色青花瓷碟朝梅夫人那儿推了一下，示意她用一些茶点。

梅夫人正待伸手要拿，忽然怔住了，她目不转睛地盯着糕点，也就一瞬，她马上恢复了常态。她摇了摇头，柔声说道：

梅夫人过府拜谢狄公（高罗佩　绘）

“大人，民妇怎能让夫君独自一人留在此地。民妇知道，他一直牵挂受难的民众，想为他们排忧解难。民妇担心，倘若自己不在他身边，他会因操劳过度而病倒。可他就是不听民妇的劝，现在……”

她说着，不由悲从中来，双袖掩面而泣。狄公也不言语，待她恢复平静，才说道：

“夫人，是否需要本官派一名信使去梅员外的山居别墅，通知他的远方亲属?”

“大人思虑周全，夫君有个侄儿住在那儿，此刻正需要他来料理家里大小事。真是家门不幸，夫君与他前妻所生的两个儿子都在幼年时就夭折了，梅家就此断了香火……”

正说着，陶干随同一位斯文的黑衣老者走了进来。

“大人，四名衙役已在楼下大门口听候您的差遣。”陶干禀告道，“他们已为梅夫人备了一顶官轿。”

狄公起身对梅夫人说道：“梅夫人，实在抱歉，不能为您准备一顶像样的轿子。您也知道，现在城里所有的轿子都被征用了，用于搬运因瘟疫而殁的百姓，所以只能委屈夫人您将就一下了。”

梅夫人并未多言，只深鞠一躬，便向楼梯走去，黑衣书吏紧随其后。

“好一个标致的女子。”陶干赞叹道。

狄公没有理会陶干，只拿起装着点心的餐碟，一个一个地看了过去。

“大人，这些糕点问题吗?”陶干吃惊地问道。

“我也想知道其中的蹊跷。”狄公眉宇紧蹙，“方才，我请梅夫人用点心，她似乎被这些糕点吓住了。但是，这些米糕只不过是最普通的茶点呀。”

陶干盯着装茶点的餐碟看了一会儿，指着碟子中间蓝彩的风景画说：

“大人，会不会是这餐碟的装饰图案让梅夫人不安?这虽然是极其普通的图案，但各地的制陶工都喜欢，人们称之为‘柳园图’。”

狄公端起碟子仔细端详上面的图案，碟中的茶点散落到案桌上亦浑然不觉。只见图中小河流水，杨柳依依，一幢别致的乡村别墅掩映其中，别墅的房屋错落有致，回廊别院曲径通幽。别墅的左侧有一窄窄的拱桥，桥上有三个小小的人物，前面两人紧紧依偎着，一人在后面挥舞着鞭子紧紧追赶。天空中，有两只小鸟正舞动着翅膀飞翔。

“这柳园图说的是怎样一个故事?”狄公问道。

“大人，关于这柳园图，至少有十几个版本。现在市面上流传最多的是这样一个故事：相传几百年前，一位富有的官员建造了这幢杨柳别墅。这官员只有一个女儿。他答应把女儿许配给一位年长的同僚，这同僚虽然年岁已高，却相当的富有。不想，官员的女儿却与这官员的随从暗生情愫，随从虽然才华横溢，却出身寒苦，十分清贫。官员发现女儿的私情后，勃然大怒，意欲阻挠。年轻情侣被迫私奔，官员执鞭追到了桥上。有人说，这对年轻情侣一起跳河自尽，殉情而亡，他们的魂魄变成了一对燕子，又说是变成了一对鸳鸯。还有一种说法是，年轻情侣在杨柳树下事先备了一艘小船，他们坐船成功私奔，在一遥远的地方安顿下来，过上了幸福的生活。”

狄公听罢，不置可否地耸了耸肩说：“好一个美妙的传说，但这种故事怎能令一位豪门贵妇坐立不安？当然，夫君的突然离世，她一定是非常悲痛的，因而神情恍惚亦有可能。马荣，你有何事？”

马荣三步并作两步地跨上大理石台阶，大步流星地来到了露台。

“大人，叶员外被杀了！”他禀告道，“就在他自己府里被杀的，现在乔泰在那儿勘查。”

“啊？你说的可是那叶奎琳，叶侯爷？”

“正是，大人。乔兄和我在路上遇到他的门童才知道的。”

“待换下衣服，我便会和陶干赶过去。马荣，你留守府中等候乔泰，随后，你俩继续去查看那些下水道，此事亦十分要紧。陶干，帮我把那件轻便的棉布长衫拿来。”

八

四位衙役抬着狄公的官轿来到一座高耸的塔形门楼前。狄公下了轿子，和陶干走在街道上。青石台阶的尽头矗立着两扇大门，门上镶嵌着铁铸饰钉。右边的门板上又有一扇狭窄的小门，只容一人进出。

“每当路过此地，”狄公对陶干说道，“我就一直在想，为何处于京城闹市的叶府，造得跟堡垒似的?”

“大人有所不知，一百多年前，此地是入城的关口。当时，叶家祖先统领一方，在此地自封为王，势力强大。每艘经过新月桥的船只，都得向叶家缴纳过路费，才能通过运河。当年的运河是此地的护城河。”

说话当口，那扇小门打开了，乔泰走了出来，身后跟着叶家门童。

乔泰随即禀道：“大人，的确是一桩谋杀命案。叶侯爷是在后院廊房里被害的，廊房依运河而建，从那儿可以俯瞰整个运河。这孩子的母亲首先发现了死者，她是叶家老夫人的侍女。属下搜查了整个叶府，并未发现凶手的蛛丝马迹。他一定是从这扇门进出的，因为叶府再也没有别的出入口了。”乔泰指着高大阴森的雉堞状围墙继续说道：“叶府大宅三面都有高墙防护，一面临河。”

乔泰领着狄公和陶干进入叶府，但见庭院宽敞，皆青石铺地。看门人的房间在庭院的右侧，门的上方悬着一盏灯笼，照着整个庭院。

乔泰继续说道：“叶府的人，平时进出都需经过这扇小门，此门当时用弹簧锁锁了。若从外面进来，须有一把特制的钥匙方能打开；若从里面出去，只需手指一拨弹簧栓，门就开了，出去后拉上门，弹簧栓会自动入锁扣，门就关上了。”

“如此说来，那凶手进门时，须得有人接应开门。”狄公说道，“离开的话，他则可随心所欲。”狄公转身问门童：“今晚可有什么人来拜访你家老爷？”

“回大人，没有！不过，今晚多数时候我都在厨房帮忙，会不会老爷自己将人带进来的？”

“这扇小门的钥匙总共有几把？”

“回大人，就只有一把，我一直随身带着。”

“本官知道了。”就着昏暗的灯光，狄公并未能看清门童的面貌，只是感觉门童有些不安，因此狄公打算以后再仔细盘问他。狄公对乔泰说道：“带我们去案发现场！”

乔泰犹豫了片刻，说道：“大人，恕属下直言，属下觉着您应当先去探视一下叶老夫人。叶老夫人的侍女告诉属下，叶夫人遭此打击，悲痛欲绝，非常想与您倾诉。”

“好吧，让门童带我们前去。乔泰，你马上回府，马荣正在府中等你同去巡查。”

门童从门房取了一盏小油灯，领着狄公和陶干走进一个高大昏暗的大厅。透过摇曳的灯光，只见左右墙边的红漆支架上立着一排排的矛戈弓箭，在墙的尽头还有一块大大的告示牌，上面印着两个黑字“回避”。

“这些权力的象征物早该清理掉了。”狄公愤懑地对陶干说道，“叶家独霸一方、自称为王的时代，早已过去一百多年了。”

“大人，那些只不过是旧时遗物。”陶干说道。

“那倒也是。”狄公嘟哝着。

他们穿过拱顶高高的九曲回廊，三人的脚步声在空荡的回廊里发出铮铮的回响。

“大人，以前叶府上上下下有八十多个用人。”门童神情低落地说道，“瘟疫刚开始时，许多用人都想离开此地，但是老爷不许。后来，有十个用人染病而殁，老爷这才害怕起来，遣散了所有的用人，把他们送往山里，只留下我和我娘。”

不一会儿，三人来到一个带有围墙的小花园，花园内树木丛生、花草茂盛，错落有致，沉闷的湿热空气里混杂着幽幽的芬芳。门童举起油灯，走近一扇精致的金漆雕花木门，轻轻地敲了敲。

一位五十多岁的瘦高妇人打开了门。她身着深褐色长衫，灰白的头发凌乱地绾了一个髻，用蓝色布条扎着。她便是门童的娘，叶老夫人的侍女。她向狄公道了一个万福。狄公问道：

“你是何时发现命案的？”

“大概一个时辰前，”女佣声音喑哑地答道，“我正准备给老爷送茶去。”

“你可动过长廊里的东西？”

侍女抬起头，眼光坚定地望了狄公一眼，只见她眼眶深陷，眼睛却十分明亮。

“我只是摸了一下老爷手腕上的脉搏。他已经死了，但身子还是温热的。大人，这边走。”

狄公和陶干随着侍女走进一条狭长的通道，侍女的儿子并未跟来，他留在花园门口守着。

侍女领着他们来到一个昏暗的拱形厅堂，厅堂后竖着一个巨大的银质枝型烛台，烛台上的蜡烛闪着微光。厅堂的角落里摆放着一个铜盆，炭火在里面噼里啪啦地燃烧着，铜盆上面的铁三脚架上放置着一个药罐，正热气腾腾地煎着中药。药罐里散发出的刺鼻药味，夹杂着潮湿、闷热的空气，让人窒息难挨。

就在银质枝型烛台旁，有一个微微升起的乌木雕的基座，基座上安置着一张镀金木质御座。一个瘦弱的妇人，面无表情地端

叶夫人跪在狄公面前苦苦哀求（高罗佩　绘）

坐在猩红丝绸坐垫上，一双骨瘦如柴的手正拨弄着膝上的一串琥珀念珠。狄公吃惊地打量着她，只见她身穿一件华丽的黄色刺绣锦袍，上面绣着红绿相间的凤凰，灰白的头发精心地绾成一个朝天髻，用碧玉金簪点缀着。御座后面的墙上，挂着一幅六尺多宽的绢画，画上祥云缭绕，鸾凤和鸣。乌木基座两侧的红漆木桩上分别放置着两面宫扇。

狄公意味深长地看了陶干一眼。众所周知，凤凰是皇后的象征，就如五爪龙是皇帝的象征一样，那两面直立的宫扇更是皇家的摆设。看到如此排场，陶干也不由得撇嘴咂舌。

此时，侍女在大理石地板上疾行几步，匆匆来到御座跟前，小声地对御座上的妇人嘀咕了几句。

“你们走近一些。”一个平淡、喑哑的声音传来。

狄公走近御座，打量着叶老夫人，发现其双目奇怪地盯向远处。她应该还不到五十岁，狄公思量着，是病魔和悲痛摧毁了她那原本俊俏的容颜，只留下满脸皱纹。细细一看，狄公发现叶夫人身上的凤袍早已褪色，到处是破洞和补丁。她身后墙上的绢画也满是污渍和霉点，御座上的油漆、金漆也已剥落得不成样子。

“狄大人亲临寒舍勘查命案，老妇这厢有礼了。”一个平淡的声音说道。

“夫人，这是本官的职责，不必多礼。”狄公平静地回道，“请夫人节哀顺变。本官想即刻调查侯爷的死因，礼数不周还请夫人原谅。”狄公见夫人微微一点头，便问：“夫人可知，会是何人对侯爷下此毒手？”

“那还用问？”老夫人答道，“定是颜侯爷所为，他是叶家宿敌，多年来一直谋划着想整垮叶府。”

狄公听罢，面露疑惑，一旁的陶干见状，连忙走近狄公，小声解释道：

“一百多年前，两朝更替，群雄争霸，当时的颜氏家族，统领运河对岸。只是，颜氏家族六十年前便已式微。”

狄公略带疑惑地看了一眼侍女，她耸了耸肩漠然地走开，去照看火盆上的药罐。她蹲下身，用一双铜筷子搅拌着药罐里的草药。

“今晚，颜侯爷是否来过叶府？”狄公问道。

“我一个妇道人家，向来不理会男人们的事情。”叶老夫人生硬地答道，“只知道，京城何将军同夫君相交甚笃，大人不妨找他问一问。”

忽然，叶老夫人嘴角开始抽搐，只听吧嗒一声，那串琥珀念珠从她膝上滑落。叶老夫人慢慢从御座上起身，僵硬地从御座上下来。她一步一步迈向狄公，纤巧的绣花鞋顶端，两簇红缨有节奏地颤动着。

走到狄公跟前，叶老夫人突然双膝跪地，抬起袍袖中的双手，悲痛地哀求道：“大人，请为我夫君报仇啊！他是个真正的好人啊！”

泪水不断从她眼中流出，布满了枯瘦的双颊。侍女见状，赶紧过来扶起老夫人，将一杯茶递与她。叶老夫人呷了一口茶，用白皙的手抹了一下脸，恢复常态，然后又用平淡的声音说道：

“我已经通知何将军了，他定会派手下来助你们一臂之力的，你们可以退下了。”

狄公满怀同情地看了看叶夫人那张憔悴的脸，正要转身离去，望见叶夫人身后的侍女向他做了一个手势，又指向陶干，示意让陶干留在这里。狄公点头同意，随即独自离开厅堂。

狄公来到花园门口，对守在那里的门童说道：“带我去廊房！”

门童引着狄公在幽暗的厅堂和曲折的长廊间穿梭，椽木支撑的屋顶因年久失修而残损斑驳，行走其中，狄公只觉得浑身不自在。那位活在旧时遗风中、体弱多病、脾气乖戾的叶老夫人已经让狄公震惊万分，而让狄公更加不安的是这老宅怪异、肃杀的气氛。有一刹那，狄公仿佛觉得时光倒流，回到了一百多年前那个战火纷飞、血雨腥风的年代，他自己置身在百年前的叶家大宅，是个不速之客。难道旧时代又回来了？难道旧时的亡灵和此次瘟疫殁者的灵魂汇合了？它们试图一起控制这座空寂的帝都？难道这就是那恐慌和不安的根源吗？那晚，他站在廊台瞭望这座死城时便感觉如此。

狄公强打起精神，拭去脸上的冷汗，跟着门童通过了一段狭窄的楼梯，来到一个门口，门童打开两扇门，侧身让到一旁，让狄公先进。狄公跨进一间昏暗的廊房。

“你可以回叶夫人那儿了。”狄公向门童吩咐道。狄公掩上门，转身就见一个身着灰色丝绸衣服的男人四仰八叉地躺在一张靠背椅上，旁边是一张八仙桌，桌子处在房子正中央。桌上燃着的蜡烛噼啪作响，忽明忽暗的光照在一张因恐怖而变形的脸上。狄公倚在门上，一动不动，仔细打量起这廊房内的陈设。廊房地面由红石板铺成，向左右延伸，形成一个狭长的四边形，足有六十多尺长，左右尽头各有一扇门。正对着狄公进门的那堵外墙，每隔一段距离，就有一个狭长的缝隙，如同城墙上向外射箭用的垛口，沿墙则是一排红漆廊柱。外墙中间，八仙桌后面的位置，是四扇宽窗户，窗台极低，掩着竹帘。狄公身后的这面墙，则镶着乌木围板。对着八仙桌的地方，有个离地一尺多高的狭长平台，狄公料想这是做歌舞表演用的，但这似乎和廊房的布局格格不入。平台旁边放置着一张低矮的竹席卧榻，上面并未挂幔帐，显然是平时小坐之用。沿着红漆廊柱，依次放了六把高背座椅。除此之外，廊房中再无其他陈设。狄公推测，旧时，这间廊房定是战略要地，从此处远眺，可以望见运河和新月桥上所有的运输往来。观景窗和门廊显然都是后来搭建的，为的是将廊房改成休息、娱乐之所。

狄公移步走向八仙桌，细看死者，不由得胆战心惊。他办过各种命案，见过各种尸体，却从未见过如此狰狞的，其模样实在令人作呕。死者叶侯爷的左脸被重击过，已面目全非，左眼球脱出眼眶，挂在左侧脸颊上，血肉模糊；右眼圆睁，露出极度恐慌的神情；嘴巴大张，似乎想高声呼救。死者外衣的左肩上结着一摊血迹，几只绿头苍蝇嗡嗡地在上面盘旋，这也是寂静里唯一的声响。狄公用手一挥，将几只苍蝇驱散，继续勘查现场。

死者的双臂软软地垂在长袖里，双腿直挺挺地叉开。受到重击时，他定是站在桌边，抵御不住强大的攻击力，正好跌进乌木靠背椅中。狄公按了按死者的腿和胳膊，发现尸体并未完全僵硬。他卷起死者的袖子，亦未发现身上有任何暴力印记和伤痕。

狄公直起身子，准备再勘查四周，只见叶侯爷帽子旁边的地板上有一根短柄长鞭，鞭梢上沾着些枯萎的花朵和瓷器碎片，显然是来自被打碎的花瓶。八仙桌上的烛台边，有一个绿色的陶制蜜罐和一个装满蜜汁生姜的盘子，蜜汁上密密麻麻地覆着一层苍蝇。桌上还有一个茶盘和两个陶瓷茶杯，其中一只剩有一些残茶，另一只却是干净的。八仙桌的另一边，还有一个乌木靠背椅，紧靠着桌子，但并未拉开有人坐过。

狄公长叹一声，稳了稳神，缓缓捋着自己的胡须，又对着尸体看了一会儿。狄公好生遗憾，他从未和死者谋面，也没打过交道。狄公暗自思忖，他只能从别处打探消息，以了解死者的个性。然而，从别处打探消息亦非易事。叶侯爷不像梅员外那样乐善好施、乐于与人交往，他只活在自己的“旧朝”中，平素只和梅、何两人来往。而那个何将军，何鹏，狄公至今也未曾见过。狄公冥思苦想半晌，并不曾记得梅员外在他面前提到过叶、何二人。

“希望能从他的面部表情中发现一些线索。”狄公嘟哝着。然而，死者的半张脸尽毁，要从另半张脸上看出一些端倪，委实困难。叶侯爷面色灰黄，瘦长脸，薄薄的嘴唇上留有一小撮灰白胡须，身材比一般人略高，相当的瘦。这就是能发现的全部线索。

狄公又是一声长叹。要破一个命案，死者的外貌并不重要，死者的品行才是最重要的。狄公盯着这张残缺的脸，不禁想起沉湎于过去的叶夫人，思忖着叶侯爷是否也一样活在过去的岁月里。

九

陶干和侍女推开了廊房的门，打断了狄公的思绪。陶干示意侍女留在门口守候，他径直走到狄公跟前，低声说道："大人，这个侍女对叶侯爷满腹憎恨，她能告诉您不少情况。"陶干瞥了一眼尸体，急切地问道，"大人，您觉着这案子是何人所为?"

"凶手要么是叶侯爷的旧友，要么是一个地位卑微之人。"狄公慢条斯理地说道，"我是这么推断的，叶侯爷亲自引客人进府，但却未请他用茶，也未让座。他将来客领来此处，自己坐着饮茶。若非如此，那便是客人来之前，叶侯爷就一直在此饮茶等候。然后，他与来客发生激烈的争执，甚至打斗起来。你看，这地上的鞭子和摔碎的花瓶。叶侯爷试图呼叫求救，但却被钝器一击毙命。从伤口的形状和深度来看，我觉得凶器是一根圆头棍棒。陶干，此一击的力量相当之大，定是身强体壮之人所为。眼下，我也只能推断出这些，我们还需找寻其他的线索。”狄公说罢，示意侍女过来，他在卧榻边坐下。

侍女跨进廊房，并未看那死尸一眼，而是径直走到狄公跟前，袖手侍立一旁。狄公见她阴沉着脸，便和颜悦色地问道：

“你叫什么名字？”

“回大人，我叫桂花。”侍女简短地答道。

“桂花，你来叶府多久了？”

“自打我记事起，就在这儿了。我生在叶府，长在叶府。”

“哦，明白了。那你家夫人是否一直这样神志不清？”

“不是的，夫人只是心烦意乱时，才会分不清过去和现在。”桂花鄙视地瞥了一眼倒在椅中的死者，继续用刺耳的声音说道，“全是他的错。他是个卑鄙、残酷的恶人，理该不得好死。只可惜死得太快了。他该受尽折磨才是，就像他平时折磨其他人一般。特别是他的夫人，受尽他的折磨。”

“叶夫人可觉得你家老爷是个大好人。”狄公冷冷地说道，“适才，出于对老爷的爱，你家夫人才神志清醒了一会儿，跪地央求本官查明真凶，替你家老爷申冤报仇。”

桂花耸了耸宽大、瘦削的肩，说道：“大人有所不知，我家老爷是个荒淫无耻的好色之徒。他几乎每日都从贫民窟里招来私娼。做什么呢？看她们跳淫秽的舞蹈，跟她们做苟且之事，就在这平台上。”桂花见狄公脸色阴沉，似要发作，便加快语速说道：

“他从这些女人身上染了各种花柳脏病，那是他自作自受。但是，他还把这些脏病传染给了夫人，毁了她的身子，而他对夫人却不闻不问，毫无顾惜。”

“你家主人尸骨未寒呢，桂花！”狄公怒斥道，“难道你不怕他阴魂未散，听到你的胡言乱语吗?!”

“我才不怕阴魂鬼怪呢！这幢邪恶、阴森的老宅，到处都是冤魂鬼怪。刮风下雨的夜晚，你能听得见他们的恸哭。有些是在这间廊房里被鞭子活活抽死的，有的是在地牢被活活饿死的!”

“你说的是一百多年前的事吧。”狄公不屑地说道。

“他的父亲、他的祖父同他一样坏，都是禽兽不如的东西。我不需要用过去的事来证明，不需要！就说六年前的事，就是在这儿，大人，您坐的卧榻上，老爷用鞭子活活抽死了一个侍女。”

“你可有此案的记录?”狄公急促地问向陶干。

“没有，大人。唯一一次状告叶侯爷的是关于他放高利贷、剥削百姓的案子，最后他也被无罪开脱了。”

“妇人，你真是一派胡言!”狄公怒斥道。

“这是事实，大人！您若不信，可以派手下到后院的南墙边，挖开那片竹子，那侍女的骨骸就在那儿。试问，这宅子里谁敢告发主人？我们祖祖辈辈都是这儿的奴仆，主子再坏也是我们的主子，这是天意。”

狄公若有所思地看了看侍女。停了半晌，他指着地上的鞭子问道：“你可曾见过此物?”

“那是当然，它是我家老爷的宝贝玩物之一。”侍女轻蔑地说道。

“那何将军为人如何？”狄公又问道，“他是否和你家老爷是一类人。”

听闻此言，侍女那张毫无表情的脸，顿时有了光彩。

“您怎能埋汰何将军！”她大声嚷嚷道，“他可是个正人君子！他同他的祖辈们一样，英勇善战，是有名的狩猎者和武士。可是，现如今，依照愚蠢的当朝法令，他连一把宝剑都不能佩带，真是辱没了他。”

“他本可以向朝廷申请，在军队里谋个一官半职。”狄公冷冷地说道。

“一官半职?！何将军的祖辈们可都是军队中的元帅，大人。”

狄公只感觉廊房中的空气越来越憋闷。他从袖中抽出一把折扇，独自扇了一会儿，突然问道：“你觉得是何人杀了你家主子？”

“必是外人。”女佣不假思索地答道，“府中的下人，生活在‘旧朝’，没有人会向侯爷动手的。一定是老爷今晚召的皮条客。”

“最近，是否有许多人拜访你家老爷？”

“那倒没有，大人。瘟疫散播以前，我家老爷几乎夜夜召妓，那些皮条客也随行而来。自从府里有下人死于瘟病后，那些娼妓也不愿前来。梅员外和何将军也是偶尔来访。何将军就住在对面，运河的对岸。”

狄公啪的一声收起了折扇，问道：“问一声，是谁替你家夫人治病的？”

“一个姓卢的医生，都说他医术精湛。可在我看来，也是个好色之徒，与我家主子是一丘之貉。他也经常在这廊房，参与寻欢作乐。只是，大家都知道，那卢医生是个不中用的男人。”

“你最好注意你的恶毒用语!”狄公发怒道，“诽谤是要被治罪的。你退下吧，让你的儿子再送一支蜡烛来。”

“好的，大人。”侍女大步流星地跨出门去。

狄公捋着胡须，陷入了沉思。

“真是令人震惊!”他嘟哝道，“仆人是如此憎恶主人，却又盲目、绝对地忠诚于主人。”

“大人，一百年前，在动荡岁月里，这种情况倒是司空见惯。”陶干说道，“当时诸侯争霸，战火纷争，没有朝廷，没有统一的法令。黎民百姓迫于生计，不得不投靠一方霸主，哪怕主子十恶不赦，也强过没有主子。一旦没了倚靠，就意味着会成为异族侵略者的奴隶，或是会饿死街头。”

狄公点点头，然后又不解地问道：“既然叶侯爷叶奎琳如此堕落，劣迹斑斑，为何梅员外却从未在我面前提及?”

陶干耸耸肩，说道：“梅员外是识时务的人，可他毕竟也是生长于旧族中。”

“是啊。那叶奎琳尽可以在此深宅大院里为所欲为。无论如何，那个侍女宁愿死在这老宅，也不可能向我们提供凶手的线索。倒是她的儿子可能会告诉我们更多的情况，毕竟他还年少，不会有那么多的成见。你在那儿发现了什么?”

陶干正弯腰从卧榻边捡起一个小物件，放在掌心，递给狄公看。那是一个镶着廉价红宝石的银耳环。狄公用食指尖轻轻地拨弄了一下小饰品。

“陶干，你看，这耳环的钩子上有一丝血迹，还未干透，可见今晚定有女子来过此处。”

正说着，那门童拿了一支点燃的蜡烛跨进门来。他小心翼翼地把蜡烛放在八仙桌上，始终未敢抬头看一眼死者。

“过来，”狄公对他说道，“本官有话问你。”

门童那张宽扁的脸顿时变得刷白，额头上直冒冷汗。狄公知道他被吓坏了，故意厉声问道：“今晚来过此处的女子是谁?”

门童吓得一哆嗦。

“大人，不，不可能是那姑娘杀的。”门童结结巴巴地说道，“她还那么小，她……”

“对，我也不认为是她杀了你家老爷。”狄公柔声说道，“但是，她是一个非常重要的证人。所以，你最好告诉我实情，也是为她好。”

门童咽了一下口水，说道：“大人，十天前，那姑娘第一次来府中，记得是老爷送走家中仆人以后。老爷不想让我和我娘见着他们，他……”

“你说‘他们’?”狄公打断道。

“是的，大人。每次都有一个男人陪着那姑娘同来。我……我偷眼见过他们一次。那次，我听见那姑娘在这廊房里唱小曲儿……那声音真是甜美，我忍不住想看看她的模样，就……”

“那男子是何等模样?”狄公不耐烦地问道。

门童踟蹰片刻，用袖子擦了擦脸，慢慢地说道："大人，我没能看清楚，院子里的灯火实在太暗了。只知道他非常壮硕，是个大汉，我猜他是皮条客，或者……是打手。他还拿着一个手鼓。大人，那姑娘我倒是看清楚了，青春年少，貌美如花，是为我家老爷跳舞的，我听到那鼓……"

"今晚，那姑娘和她的同伴是否来过此处？"

"大人，这个我实在不知道。我告诉过您，今晚我一直在厨房忙，帮我娘打扫卫生。"

"好吧，你可以走了。"

待门童一离开，狄公便对陶干说道："就凭这耳环判断，那两人今晚肯定来过此地。侍女桂花的说辞显然是对的，她说叶奎琳可能死于皮条客之手。当时叶奎琳欲抽打那姑娘，皮条客不能容忍，挺身而出。陶干啊，这些皮条客，职业特殊，为世人所不齿，但也是血性汉子，他们对被保护的女子往往是有真感情的。可能他一时激愤，奋力夺过叶奎琳手中的鞭子，然后拿出随身携带的铁棒，猛击叶的头，致其死亡。"

陶干点头道："是的，大人。一个人高马大的皮条客确实会干出这样的事情。也正因为他是皮条客，叶奎琳无须端茶倒水，更无须让座于他。"

"他们两人以前来过此处，"狄公继续道，"所以熟门熟路，知道可以从里面打开小门的锁，然后神不知鬼不觉地逃离叶府。陶干，要查访那青楼女子也非难事，她一定在老城区某个妓院里。"说到此处，狄公停了下来，满腹疑虑地摇了摇头，继续又道："奇怪，我有种不祥的预感，这桩凶杀案绝非这么简单……现在，案情变得太简单了。"狄公起身，继续说道："我们再仔细勘查一番，最好能找到其他线索。你负责座椅、卧榻和平台，我往廊房别处瞧瞧。"

狄公走到窗台，拉起窗户左边的竹帘，将绑竹帘的绳索绑在帘钩上。房内闷热的空气，夹杂着蜡烛油的臭味，让人窒息。狄公双手撑在宽宽的窗台上，往外探出一点身去，才发现这窗台是在运河上方，廊房其实是个水上露台，由一排细长的石柱支撑着，悬在黑漆漆的运河之上。放眼望去，左边是一堵高高的砖墙，直插入运河，砖墙尽头有个四方的瞭望塔。砖墙以外便是低矮的堤岸，满是小树和茂密的灌木。再往远处，便能看见新月桥中间的桥孔。往窗户右边望去，一样是叶府陡直的外墙，最远处有个瞭望塔。运河在此拐了个急弯，其余部分被外墙挡着，看不见了。

狄公不经意地向河对岸望了一眼，看见河湾处有一幢两层楼房，那便是叶奎琳的好友何鹏的宅院。那是一幢精致的小楼，富有乡村风情，蜿蜒起伏的屋檐映衬在低矮的天幕下；透过婆娑的杨柳树枝，隐约可见一个狭窄的阳台。整个宅院漆黑一片，没有一丝光亮。狄公过新月桥时，从未细看过何府，因为从桥上望去，它半掩在高高的杨柳树后。但是，现在一瞧，总有一种似曾相识的感觉。

运河中污水的臭味，混合着水草的腐烂味，一起泛了上来，呛得狄公赶紧离开了窗台，却见陶干正俯身在八仙桌上拼凑几块碎瓷片。陶干抬眼说道：

“大人，当时，叶奎琳是想拿这花瓶自卫的。您看这些花瓶碎片，还有这些蜜汁，都是很好的线索。”狄公走向桌边，陶干继续又道，“那一男一女到来之后，叶奎琳仍旧坐在椅子上嚼着姜片。您看，他的右手手指，还有袖口都黏有蜜汁。后来，他举起了鞭子，我发现在鞭子的把柄上亦有蜜汁。凶手一定被激怒了，从叶奎琳手中夺过鞭子，甩在地上，又或者是在争执中，叶奎琳自己不慎将鞭子摔落在地。不管怎样，叶奎琳曾试图找到武器自卫，于是便抓起这个陶瓷花瓶。从我拼凑的这些陶瓷碎片可以看出，这是个厚底细颈花瓶。但是，不等叶奎琳出手，那凶手已把他击倒，花瓶自然从叶奎琳手中滑落，因此，这些陶瓷碎片上一点血迹都没有。其中，两块大的碎片压在鞭梢上，可见鞭子先着地，而后，花瓶再摔落下来。”

“推断得不错。”狄公赞许道，“但是，你是如何推断出花瓶是从叶奎琳手中摔落下来的，而不是在推搡中从八仙桌上掉下来的?”

“大人，您看一眼这块碎片。”

陶干拿起一块大碎片，凑近蜡烛，用细长的食指指着上面的一块褐色污痕，说道：“大人，这块碎片是花瓶的颈处，如果叶奎琳不是用它来自卫，何必要抓着它呢?”

“所言甚是!”狄公愉悦地笑了笑，“嘿，看呐，这不是柳园图吗！对面的何公馆让我想到了柳园图。”狄公惊呼道，手指着桌上陶干已经拼凑起的花瓶碎片。花瓶碎片拼成的画中，有个水边别墅，掩映在一排杨柳树间，别墅的楼上有个狭长的阳台，一切都与对岸的何府毫无二致。这花瓶是一件上乘的古董，画风细腻。

“大人，所有的碎片都在这儿了。”陶干说道，“花瓶应该可以修复。我搜寻过地板和卧榻下面，再没其他线索了。”

“我们一起再到廊房别处看看，然后就离开此地。陶干，我们还有许多其他公务要处理。查访青楼女子和皮条客的事，就交给衙役们去办。这儿，陶干，柱子前面的地方，你再查查。”

狄公从窗台前的走廊地板开始察看。突然，他停住脚步，发现第三根廊柱的底下有一块皱巴巴的白绸，狄公随即蹲下，叫喊道：“陶干，快拿蜡烛过来！”

两人一起细细察看，那是一方白色绢帕，白绢中央有一摊血迹。

“大人，那定是凶手擦拭凶器所用，”陶干急切地说道，“也可能是用来擦手的。”他从袖中取出一张油纸，说道：“大人，我把它拿到桌上来看。”

陶干把白绢铺在桌上，两人仔细观察。

“什么印记都没有！”陶干失望道。

狄公用手指轻触方帕的四角，缓缓说道：“奇怪，方帕上的血迹已然全干，但方帕的四角却仍然湿漉漉的，似沾了水。你看，这边上还沾了一小片水草！陶干，把这方帕裹好带走。这是非常重要的证据。”忽然，狄公举起了自己的双手，仔细地查看起来。“真是怪事，”他道，“方才我卷竹帘时，明明看见窗框上满是灰尘，但我后来用手撑在左边窗台上向外探身时，手上却没一点灰尘。”

狄公快步走向左边的窗户，吩咐陶干拿着蜡烛靠近红漆窗台，自己俯身细察，说道：“擦拭得非常干净，而其他三个窗台却满是灰尘。”狄公又从左边的第一个窗户向外探出身去，一旁的陶干连忙用手抓住他的袖袍。

“快瞧！陶干！”狄公高喊道，“支撑廊房的柱子边有块突起的礁石，礁石周围附着的绿色水草，和方帕上的一样。”狄公抽回身子，平静地说道：“这说明，有人从河对岸潜游至此，踩着礁石，攀着柱子翻窗进来。”

狄公恼怒地甩了甩袖子，走向八仙桌。他拉开另一张乌木椅子，重重地坐下，而后双臂抱在胸前。他抬起头，愤懑地说道：“陶干，我的判断果然没错，这案子没有这么简单。”

十

狄公站在新月桥高处的护墙边，双肘撑在粗糙的青石护栏上，俯身望着桥下黑黑的运河水，桥孔下四盏大大的油纸灯笼映照着河水。陶干站在一旁，食指缓缓地卷弄着黑痣上的三根长毛。两人正在等待座驾，准备回府。先前，狄公已派遣两名士兵将叶奎琳的尸体以草席包好，用一乘便轿运往府衙，以待仵作做全面的尸检。“今非昔比啊！”狄公打破沉默，“往日，新月桥乃是城中交通的中心，车水马龙，喧嚣至深夜：小贩们的货摊挂着耀眼的彩灯，比比皆是；桥上桥下人头攒动；运河中，各式各样的大小船只悬着五彩灯笼，穿梭而行。现如今，这儿一片死寂。你可感觉到周围弥漫着一股潮湿阴气？运河的水也已发臭。你看，那些水中的浮木，几乎动也不动，真是死水微澜。”

“桥下面定有许多蚊蝇，”陶干说道，“我在桥上都能听得见嗡嗡声。如果……”

“嘘……”狄公挥手打断陶干，“城中恐怕出事了。”

刚才陶干所说的蚊蝇声，此刻已逐渐清晰，变成了远方的喧嚣声。远处，重重的屋顶上方升起了一道红光。

“那是粮库的方向，”陶干焦虑地说道，“暴民们定是在抢粮。”

两人屏息静听了一会儿，喧嚣声逐渐弱了下去。忽然，喧嚣声又响了起来。最后，一阵军号声也从那个方向响起。

“我们的军队到了。”狄公松了一口气。红色亮光再度从远处升起，狄公自言自语道：“希望在镇压暴民时没有血腥杀戮。”他环顾新月桥上下，没有一个人影，旁边的何府依然漆黑一片，运河沿岸的其他民宅也毫无动静。往日喜欢热闹的京城百姓，近日苦于瘟疫肆虐，自顾不暇，再无心情走街串巷。狄公看着红光熄灭，随之，喧嚣声也逐渐消失，都城又安静下来。这是一种凝重、不安的寂静。狄公暗自思忖，如果百姓开始哄抢粮库的话……

“出现在凶案现场的第三人，让案情变得复杂了。”陶干说道。

“第三人？哦！是的，你说那个潜游过来的家伙。”狄公很高兴自己的思绪被拉回，重新将注意力放到凶案上。“游过河不是难事，但要借助礁石、柱子翻进窗户，得需要极大的臂力。此人定是叶奎琳的熟人。否则，见一浑身湿漉漉的人翻窗而入，他岂能不大声呼救。此人到来之时，叶奎琳是否已送走青楼女子和皮条客？又或许，这三人是一伙的？叶奎琳拿起花瓶，要防的会是何人？假设……”

狄公突然住口，皱紧眉头，盯着暗黑的何府看了一会儿，说道：“一个能骑善射的好猎手，桂花说起过……有可能吗？”

“哪种可能？”陶干急切地问道。

狄公慢条斯理地说道：“我方才突然想到，叶奎琳抓起花瓶可能并非为了自保。叶府侍女将叶奎琳描绘成一个卑鄙、狡诈之人。莫非他故意打碎花瓶，让人注意到柳园图？留下一丝线索，直指他的好友——何鹏，他的宅府与柳园图并无两样。”

陶干捋了捋自己的山羊短须，若有所思。

“也不是没有可能。”他道，“我曾阅读过大族的卷宗。叶家侍女说得没错，这些旧朝大族，沾亲带故，自成一体，无人会轻易反抗他们的旧时首领——叶侯爷叶奎琳，除非何鹏有特别的动机……”

狄公沉默不语，缓缓抚着自己的络腮胡，目光落在黑黢黢的何府里。他道：“陶干，既已到此，我们何不去一趟何府。柳园图的线索还不明朗，至少，从何鹏处可以探得更多叶奎琳的情况，也可验证桂花的说辞。走吧！”

两人下了新月桥，沿着通衢大路走了一段，就见右边一排大树间掩着一扇竹门，竹门上悬挂着一块牌匾，刻着“柳园”二字。走过一段蜿蜒的小径，便是何府的红漆大门，门上点缀着金色的柳叶图案。

陶干抬手敲门，半晌不见动静，便抓起一块石头，往门上一阵敲打。

“大人，我们在此等了好一会儿了。”陶干嘟哝道，“一定要吵醒那看门的。”

话音未落，门吱的一声开了，一个敦实的矮个男人探出身来，满腹狐疑地打量着来客。此人虎背熊腰，手臂极长，如猿猴一般；灰白的头发上戴着一顶无檐弁帽。当他举起蜡烛照着访客时，宽大的袍袖滑至肘部，露出满是汗毛的粗壮手臂。

“何老爷，你可是在等什么人？”狄公和颜悦色地问道。

矮个男子将蜡烛举到狄公跟前。

“你们他妈的是谁？”男子粗声粗气地问道。

“本官乃赈济特使狄仁杰。”

“天啊！原来是狄大人大驾光临，在下有眼无珠，请狄大人宽恩恕罪！在下与大人有一面之缘，当时狄大人身着官服，在下也是远远瞧见。怎么……”

“我和陶干信步至此，不知能否讨杯茶喝？”

“当然可以，大人！您的到来是在下的荣幸！家里只有在下一人，穿着随便，望大人不要见怪。家里的仆人都去山里躲瘟疫了，本留下一对老夫妇料理家务，但他们下午去为儿子奔丧了，说是今晚回来的，可到现在也不见人影。”

何鹏只顾唠叨家中的琐事，狄公判断不出这是他本性使然，还是因为紧张。狄公觉得甚是遗憾，自己与他素昧平生，却颇有相识之感，神态举止都颇为熟悉。

何鹏不停地聊些家务事，引二人穿过一个满是花草的小花园，最后来到一间厅堂。厅内零星摆了几样家什，点着一盏昏暗的小油灯。厅堂里的空气十分潮湿、闷热。何鹏正欲走向桌边，狄公连忙道：

“我们可否借楼上一坐，找间房能望见新月桥？因我二人正等着府中衙役抬轿子来接我们回府。”

“当然可以！就去在下的书房吧。刚才，在下也是在那儿打盹，那儿茶水一应俱全，还有个阳台，可望见新月桥全景。”何鹏领着两人登上陡直的木头扶梯，转过头又说道：“刚才，在下被一阵军号声吵醒，声音好像从粮库方向传过来的。眼下这种危难时刻，那儿最易遭劫，希望没出什么大事?!”

“既然一切恢复了平静，应该没什么大碍。”狄公答道。

何鹏将两人领进一间方方正正的小书房。他推开一扇纸糊的拉门，便露出一个小小的阳台。这阳台便是狄公在河对岸叶府所看到的那个阳台。何鹏点亮边桌上的两个黄铜枝形烛台，拉开房间正中藤桌边的椅子，请两人坐下。他沏好茶，自己则坐在一个靠着拉门的板凳上。

狄公呷了一口茶，环顾四周，发现书房虽然布置简朴，倒也十分舒适：靠墙一张宽宽的卧榻上铺着兽皮；乌木大衣柜因为年代久远，颜色已暗沉，但却是件价值不菲的古董；正面墙上悬挂着一幅人物画卷，是一位先朝武士，全身穿着盔甲，骑着五彩装饰的战马；画卷两侧的石灰墙上挂着大弓、箭囊、长矛和鞍具等物。

何鹏顺着狄公的眼光望去，解释道："在下平素别无他好，只爱打猎。先祖在世时，这房子是他们打猎时住的地方，当年，此地四周都是树林。"

"我听说，先祖是位伟大的将军。"狄公说道。

一抹得意的笑容闪现在何鹏的脸上。

"的确是的，大人！先祖能骑善战，是位出色的将军。当年，诸侯割据，战火纷飞，他和叶、梅两家的祖先歃血为盟，维护了这一方的和平。时代真是变了！那时的叶家粮田千顷，梅家银两无数，先祖则统领一方军队。待到李将军，哦，见谅，是先皇，统一江山后，先祖和梅、叶两家曾商讨对策，这些在在下家史志上都有记载。先祖劝慰他们说：'为减少损失，让我们就到此为止，做一个了断。叶，你可申请一边陲官职；梅，你就留在原处，保住田宅，纳税收粮；我就带领部下投靠新的朝廷。'在下的先祖是个明智之人，但是叶家先祖却非常固执，不听劝告。他说：'只要蛰伏一段时期，就可寻机东山再起。'结果一点机会都没有，不久此地成了都城，成千上万的百姓从外面涌入此地，还有朝廷眷属、官衙、军队等等，哪里还有人知道叶家的名头?!"

何鹏说着，难过地摇了摇头。

"那何将军家又如何了呢?"狄公问道。

"我们家？还不是一点一点变卖田产，勉强度日。如今，这仅剩的宅院也已做了抵押。好在在下孤身一人，无妻儿老小拖累，还能维持余生。平时在下去乡间打打猎，有时去叶家小酌、

狄公柳园会何鹏（高罗佩　绘）

闲谈片刻。当然，叶家的田产也逐渐没了，但毕竟家底厚，依然富裕。叶侯爷，这老色鬼，喜欢招一些烟花女子寻欢作乐，在下也不介意。”

“看来，三家中只有梅家保住了产业。”

“梅家人在挣钱方面的确他妈的有一套。”何鹏愤懑地说道，“巴结新的衙府官员，示好南方来的商人，投机倒把，这就是他们的为富之道。就算他富甲一方，也逃脱不了坠下楼梯、折断脖子的命运。”

“梅员外之死，是朝廷的一大损失。”狄公冷冷说道，“你刚才提到，曾和叶侯爷一起小酌，那你可认得他最近结识的那个舞女?”

何鹏的脸沉了下来，说道：“你指的可是‘红宝石’? 消息传得还真快。对，在下在叶家见过那女子一两次。舞跳得好，歌也唱得好。”

何鹏就此打住，似乎不想再多说什么。狄公问道：

“你可知她是哪家妓院的?”

“叶奎琳这老滑头一直对在下保密，不让在下同她说话，连和她同来的皮条客，在下也未曾搭过腔。”

“你说的可是那个高高大大、一直陪伴左右的壮汉?”

“你说壮汉? 在下不觉得，因为从未正眼瞧过那家伙，只觉得是个耸肩膀的老头。不过，那鼓打得可真好。”

狄公饮完了杯里的茶，不经意地说道：“今晚，叶府出了一点乱子，你可曾注意到? 从你这阳台望去，叶府廊房的动静应该尽收眼底。”

何鹏摇了摇头说道：“在下今晚一直在这卧榻上睡着，未曾醒过，直到军号声响起，才被吵醒，当时对岸是一片漆黑，未见有何异常。”

“今晚，那叫红宝石的女子与叶侯爷在一起时发生了意外。”

何鹏闻听此言，连忙直起身子，双手撑膝，问道：“意外？什么意外？”

“叶侯爷被杀了。”

何鹏顿时跳了起来，大叫道：“叶奎琳死了？”见狄公点了点头，他才又重新坐下。“天啊！死了。”他喃喃道。忽然，他瞅了狄公一眼，惶恐地问道：“他的一只眼睛是否没了？”

狄公抬了抬眼，思索了一会儿，平静地说道：“是的，可以这么说，他的左眼被打掉了。”

“老天啊！”何鹏的脸变得惨白，全身瘫软。“老天啊！”他又叫了一声。见狄公和陶干盯着自己，何鹏勉强挤出一丝笑容，说道：“当然，该不去理会那些个歌谣。你们看，我的脑袋还在我的脖子上呢。”说着，他用手抹了一把满是汗水的脸。

狄公捋着胡须，打量了何鹏一会儿，发觉他是个善变之人，便道：“何将军，街头巷尾的这些歌谣不必理会，都是无稽之谈。你可想到，会是何人杀了叶侯爷？”

“杀死叶奎琳？”何鹏无意识地重复道，“他放了一些高利贷在外面，你知道的，如果不能及时还贷，只能用一些下三烂的手段逼迫欠债的人。如果逼迫得紧……”何鹏说着，意味深长地耸了耸肩。

狄公突然发现，何鹏并不像先前那样能说会道。于是，狄公将手伸入袖笼，掏出那枚红宝石耳环，问道："你可曾见过这首饰？"

"当然见过，红宝石姑娘平时一直戴着的，我想是她名字的缘故吧。"何鹏摸了摸他的络腮胡须，继续道，"如果那小娘们与此事有关，倒也不奇怪。她看上去甜美，有人还说她是个黄花闺女。她自称还是个学徒，还不是真正的婊子。学徒，算了吧！她还用得着学？！要在下说，这些人貌似天真无邪，内心却极其龌龊！"何鹏说着，又抹了一把脸上的汗水，他一直在出汗。"这小娘们在叶府的廊房里跳舞，几乎一丝不挂！她还经常背着叶奎琳向我暗送秋波，好似专为在下舞蹈一般。有一次，她还托那皮条客给在下传口信，说叶奎琳虐待她，想让在下救她。虽然，她是个下层的烟花女子，在下当然也不能袖手旁观，在下费了很大劲帮她摆脱叶的魔爪。"

何鹏耸耸肩，又道："大人，如今叶奎琳既已归西，在下和他也无瓜葛了，不妨告诉你实情。叶奎琳有虐待女子的嗜好，他家世代如此。叶家先祖所干的那些事，虽说不齿，也没什么新奇。现如今，世道变了，叶奎琳不得不小心行事，只好到'老熟人'那里找些娼妓。但是，这个红宝石姑娘与一般的青楼女子不同。她气质优雅，才艺出众。叶奎琳难道不想得到她？！你看他那猥琐的眼神就知道了，每次红宝石姑娘跳舞，他都垂涎欲滴，恨不得一口吞了她。好在这小娘们会周旋，没让叶奎琳得逞。"

"叶奎琳是否知道，其实你也被红宝石姑娘迷住了?"

"你说迷住了? 哈哈，被你说中了。在下也不知道如何解释，就这么说吧，每次见到她，在下都被迷得魂不守舍，但若不见她，在下也不会想起她。信不信随你，这是实情。你问叶奎琳是否知道? 他娘的，他当然知道了!"何鹏转过身去，指着对岸漆黑的叶府说道："最近，这恶人想出一条诡计捉弄在下。城中瘟疫起来后，他经常召红宝石姑娘上门，却不再通知在下。每当夜深人静时，这该死的杂种卷起帘子，在廊房点上蜡烛，让红宝石姑娘在窗台前跳那些淫秽的舞，好让在下从这儿瞧见，让在下心猿意马。他就是个邪恶的家伙!"

说着，他恨恨地用拳头敲了敲膝盖。过了片刻，狄公问道：

"叶奎琳在廊房寻欢作乐时，是否还有其他人作陪?"

"只有卢医生经常作陪，尽管人们都觉得医生是不参与这种消遣的。但红宝石姑娘来时，叶奎琳从不邀卢医生。这种乐子，他只和在下，他的至交分享。"语毕，何鹏从板凳上起身，似欲送客。但是，狄公佯装不知，从袖笼中取出折扇，身子往椅背上一靠，慢慢地扇起了扇子："我发现，何将军的这座小楼和柳园图颇为相似，这工匠一定是依照柳园图的样子建造的。"

何鹏直起身子，问道："柳园图?"随即，先前的做派又显现出来，他粗声粗气地说道："大人，恰恰相反! 是先有了这柳园，才有了后面陶瓷上的柳园图，柳园图是临摹柳园而成的。"

狄公与陶干交换一下眼色，说道："这本官倒是不知道。本官听说过许多关于柳园图的传说，说是以前有位年长的官员，他的女儿……”

何鹏不耐烦地抬手打断了狄公，说道：“都是一些无稽之谈，大人！什么老人和年轻女儿！事实绝非如此。只是，何家从未向外人说起，因为有损家族声誉，你明白的。大人，再喝一杯茶吧！”

说罢，何鹏又为两人斟茶，狄公仔细观察着他的一举一动，发现何鹏的性情似乎又变了，眼神中有一丝冷漠。何鹏平静地说道：“故事要从在下的祖父说起。祖父暮年时，正值我朝初建，虽说他当时已失势，却仍然富有。他居住在旧城的老宅里，生活阔绰。有一天，他邂逅了一名叫‘蓝宝石’的妓女，此女年轻貌美，老人对她一见倾心，是那种很疯狂的感情，你知道。他用六个金锭为那女子赎身，他娘的，非常贵，只因为她还是个黄花闺女。之后，老人为她建了这座小楼，供她居住。‘蓝宝石’天生一副杨柳细腰，为此老人沿着河岸种了一排杨柳树，将此处命名为‘柳园’。你可能已经注意到门上的牌匾，上面的‘柳园’二字，就是祖父的墨宝。

“祖父竭尽所能、锦衣玉食地供养着‘蓝宝石’。但这女人水性杨花！梅家的一个年轻公子见过她后，两人暗生情愫，决意私奔。以前这运河边还有一处亭子，和此处的花园间有一座小木桥相通。后来，我父亲命人将亭子推倒了，只因亭子的木头柱子早已朽烂。私奔那晚，梅家小子雇了几个划船的好手，备了一艘帆船停靠在亭子下。他们以为那晚祖父在城里办事是不会回来。

“正当梅家小子和那贱人在房中收拾细软，不想祖父突然回到柳园，冲进了屋子，就在此楼的另一端。梅家小子拉着那贱人撒腿就跑。祖父当时已年过六旬，体力尚好，挥舞着手杖在后面紧追，从花园一路追到小木桥上。事实上，他老人家已经擒获了两人，本该就地处决的。不幸的是，由于过度激愤，他颓然晕倒在地。那两人乘机逃脱，上了备好的船，就此离开。其实，这对狗男女最后是躲藏在何家宿敌叶侯爷的家中。那梅家小子一直在帮叶家理财，梅家人都擅长理财。”

何鹏说着，用手将额前一撮乱糟糟的灰发往后捋了捋，额上满是汗珠，双目阴沉，直愣愣地盯着外面漆黑的夜空。他又道："之后，祖父完全瘫痪，苟延残喘地又活了六年。每天，他像孩子似的，需要下人喂他进食。他就瘫坐在这儿，阳台的扶椅中，面无表情，只有眼珠在转动。人们说他的眼神怪异，但没人读得懂，不知是爱还是恨。他只是呆坐着，望着远处的木桥，在那儿他差一点就亲手处置了那贱人，像是回忆，又像是期盼有一天那贱人还会回来。”

说完，房中一片寂静，只听得何鹏重重的喘息声。何鹏依然注视着窗外的静夜，双手紧紧地攥着，眉头紧锁。过了一会儿，他回过神来，用袖口擦了擦脸，满是血丝的双眼不安地看了看来客，挤出一丝笑容说道："不好意思，大人，请原谅在下胡扯一气！你可能都烦了，都是些陈芝麻烂谷子的事，死的死了，走的走了。”

何鹏声音暗哑，努力地在克制自己。

“何将军，你从未婚娶吧？”狄公突然问道。

“是的，大人，在下至今未娶。我们这种家庭已被新时代抛弃了。不过，也没什么好抱怨的，我们也有过风光的时候。现在，梅亮死了，叶奎琳也死了，我终将步他们的后尘。”

此时，陶干瞧见新月桥上停着一乘便轿，便向狄公示意。狄公起身，整了整衣袍道：“何将军，本官十分荣幸，能聆听到真正的‘柳园图’故事，亦多谢何将军的香茗。”

何鹏并不多言，默默地将两人送至楼下。

十一

马荣和乔泰一直在露台等候狄公。狄公看了二人一眼，只见他们沾满煤灰的脸，憔悴不已。狄公坐在桌边，问道："城中情况如何?"

"回禀大人，一切都已恢复平静。"马荣无精打采地说道，"四百余流民聚集在粮库前，从他们的口音判断，多半来自老城。所幸，那时我与乔兄正在检查下水道，离粮库不远。听见他们的叫嚷声，我们就赶往粮库，看见这群流民挖起铺路的石头，砸向二十名守卫粮库的军卒。另外二十名弓箭手在粮库上的垛墙内严阵以待。大人，如今人手短缺，守卫粮库的军卒总共就这四十个人。我和乔泰挥舞着剑鞘，一路挤过人群、冲进大门，和守卫粮库的军卒会合。我正准备劝说流民离开，没承想，那流民头目却大呼：‘用石头砸死朝廷的走狗’，如此嘈杂，流民们根本不会听我们的。还有一些流民，将来时带着的火把扔向我们的人和粮库屋顶。”说到此处，马荣停了下来，他沙哑的嗓子几乎失声，他给自己倒了一杯茶。乔泰大声回禀：

“起初，我们命令军卒在粮库前围成方阵，用戟逼退流民。可是，以这阵势，我们的二十名军卒很快就会被这些流民用石头砸死，再加上粮库屋顶一角已然着起了火。无奈之下，我们只好命令弓箭手放箭。”

马荣用茶漱了漱口，吐在栏杆外，粗声粗气地说道：“大人，那情形真是惨。新式弓箭是铁做的，一箭便可穿透普通的铠甲。这些箭还带刺，用在战场杀敌人倒还算了，但用在百姓身上就真是残忍啊，大人。更何况，人群中还有妇孺。我看到有一箭射中两人，仿佛是叉上的炙肉。弓箭手一共放了两轮箭，一次射向后排，另一次射向前排。那些流民连忙拖着他们受伤的同伴，四处逃散，留下了三十多具尸体。”

狄公听后，脸色凝重地说道：“也罢，射死了这三十几个人，可以让成千上万的百姓免受饥荒了。如果流民成功攻入粮库、烧毁粮库的话，这些粮食只够他们几百人吃几顿饱饭。按平时限量分配，这些粮食至少可以让全城百姓再挨一个月。杀人固然不仁，却也无可奈何啊！”

陶干在一旁淡淡地说道：“如果梅员外没死的话，就不会有这等暴行。梅员外总是一边分发粮食，一边劝慰百姓们耐心等待。他告诉百姓，天公总会降雨，都城定能恢复生机。百姓们对梅员外的话还是相信的。”

听闻此言，狄公抬头望向天空，哀叹道：“连一丝风也没有啊。”他在太师椅上坐定，突然语调轻快起来，说道：“快坐下！我要与你们说说叶府发生的凶案。这案子真奇了，你们听听，或许可以放松一下，暂时忘掉城里的不愉快。”

三人把椅子搬到桌边坐下。待陶干沏上一壶新茶，狄公简单地描述了他和陶干在叶府的勘查结果，以及与何鹏的谈话。随着案情逐渐明朗，马荣和乔泰的神情放松了一些。待狄公说完，马荣惊呼道：

“大人，那姓何的就是凶手！他体格健硕，并有足够的作案时机。更何况，出于对叶奎琳独占青楼舞女的嫉妒，他定是起了强烈的杀心。”

听完马荣的话，乔泰接着说道：“叶奎琳想必是故意打碎花瓶，意将嫌疑引向柳园主人何鹏。用破碎的花瓶或瓦罐当作武器是粗陋之举，且多为街边流氓所用。像叶奎琳这种有身份的人，是不会如此做的。那姓何的肯定是凶手，大人，我们不妨先拘捕何鹏！”

狄公摇了摇头，道：“别急！何鹏看似是一个迟钝、暴躁的乡绅，但也掩不住其复杂的心绪。我明显感觉到，舞女‘红宝石’在何鹏心中并不重要，不至于掀起其内心的波澜。所以，他才会直白地告诉我们，自己被‘红宝石’的美色所吸引，压根不知道会因此被当作嫌疑人。至少现在，他的所作所为，让我心生怀疑。”

陶干扯了下自己的山羊胡，说道：“老奸巨猾的罪犯往往会故意透露一些暗示性的实情，还竭尽所能表现得真诚。耐人寻味的是，何鹏竟对叶奎琳的死无动于衷。”

狄公打断他道：“不，何鹏倒是对叶奎琳的眼睛非常感兴趣。”

“何鹏可能是想起街边传唱的歌谣了吧？”乔泰问。

“没错，那首歌谣的确让他很不安，”狄公答道，“我并不知道这是为何。另一件事我也觉得很蹊跷，‘红宝石’为何要蓄意挑起叶、何之间的争端？叶奎琳是有钱人，而何鹏十分贫穷，她为何要与何鹏眉来眼去，不惜得罪自己有钱的主顾呢？对了，我忘说了，叶府的侍女和何鹏都一致认为，卢医生行为不检，是个好色之徒。如今，他经常出入梅府，而梅夫人貌美新寡，独自一人在府中无人保护，为此我深感不安。我真是太疏忽了，竟然还让卢医生去梅府捎口信。陶干，快去看看，那个随梅夫人回府的书吏是否回来了！”

“大人，我们还是谈谈城中发生的事吧。”马荣说道，“收尸人那边似乎出了问题。收尸这种差事本没有人愿意做，因人员短缺，我们只好随便找些人来凑数。所以，来干这差事的都是些流浪汉、无赖。我们发给他们黑袍子，是为了保护他们免遭瘟疫。结果，他们反用袍子来做掩护，方便了这群无赖恶棍为非作歹。有黑袍子掩护不会暴露真容，他们中的一些人就趁着运送尸体的机会，敲诈、掠夺百姓的钱财。”

狄公一拳捶在桌上，道："还嫌麻烦不够多！马荣，快命令巡逻军卒盯紧那群恶棍，一旦发现偷窃行为，立刻押到广场示众，施以鞭刑；若犯了更大罪的话，当场斩首示众。我们必须杀鸡儆猴，以防事态失控。"

此时，陶干回到厅堂，书吏紧跟在后面。书吏毕恭毕敬地禀道："大人，我们已清点完了梅府的财产。所幸，梅府的管家风寒痊愈，帮了我们不少忙。保险箱、钱柜等也已盖了印鉴，就等梅员外的远房侄子到来。我看到已为梅员外换上了殓服，尸体暂厝在一个临时棺木中。"

"卢医生也在那里吗？"狄公问。

"是的，大人。他想帮着一起清点财产。我们离开时，他还在同梅夫人商讨府中之事。"

"辛苦你了！"待书吏退下，狄公怒道："果不出我所料！那卢医生整日混在梅府，必有所图。梅夫人真应该在葬礼后早早离开此地，去山里别墅。"

"二十多日前，瘟疫刚开始时，梅夫人就该外出躲避了。"陶干冷冷道，"大人，恕我直言。尽管梅夫人气质高贵，举止端庄，似出名门，但我总有一些疑点。我曾查阅梅家卷宗，包括梅员外十三年前的续弦资料，发现卷宗里除了梅夫人的姓名和年龄外，未写其他信息。之后，我又细细查过，但卷宗中只字未提梅夫人的家世。若说梅夫人出身青楼，后被梅员外赎回作为续弦，倒也不足为奇。"

马荣和乔泰听罢，相视一笑。他们知道，陶干向来好奇心重，倘若疑惑不解，定会十分郁闷。狄公听了，也是微微一笑，转而神情严肃地问道：“那些老城的下水道情况如何？”

“都被污泥、垃圾堵塞了。”马荣回复道，“底下还有一大群老鼠。它们太可怕了，拖着长长的尾巴，就连大猫看到都怕。我已经派人用铁栅栏封住了下水道。贫苦的百姓说，老鼠会趁人熟睡时，咬掉人的手指、脚趾。有一次，它们甚至咬死了婴儿。”

“我们必须尽快打开水闸，连接运河和外河，”狄公急促地说道，“引来活水，冲走淤积在下水道的垃圾，这样一来，老鼠就无处安身了。陶干，立刻将我的命令传达给东门和西门的守卫。”陶干离开后，狄公问马荣、乔泰道：“你们今晚有何安排？”

马荣答道：“大人，我们先打个盹，然后再去巡查各处岗哨。乔兄去城郊，我去城里。正如我以前所说，我们的军卒人手不足，只能对他们言辞鼓励，以振奋士气。大人，今晚粮库发生的暴乱，足可以证明我们人手短缺。我们是否可以向羽林军总管禀报，调拨一百名士兵前来援助？”

狄公道：“当然可以，你们唤书吏来，让他起草文书，我签名盖印。皇宫有高墙深河守护，所以防守没有大问题。更何况，流民是因为缺少粮食而暴动，不会抢劫皇宫。”狄公思忖片刻，又道：“马荣，待会儿到城里巡查经过新月桥时，务必留意何鹏的柳园，看是否有访客到何府。刚才，我和陶干拜访他的时候，他似乎在等什么人。何鹏极有可能和那个舞女‘红宝石’串通一气，‘红宝石’也很可能会去见他。现在柳园仅何鹏一人，正是大好时机。一旦‘红宝石’在那儿，你就立刻拘捕他二人。我已命衙役去各家妓院查访，打探‘红宝石’的消息。但是，他们公务繁忙，分身乏术，我料想他们没有时间和人力去查。好了，现在你们俩先退下，好好洗漱一下，然后睡一觉！”看着马荣头上的肿块，狄公关心地问道：“你在粮库被石头击中了？”

马荣用手摸了一下额头的肿块，不好意思地咧嘴笑了笑，说道：“不是的，大人。我在五福客栈等乔兄的时候，四个流氓欺负一个姑娘，我就想上前替那姑娘解围。不料，我被绊了一下，不小心撞到桌角。没想到，那姑娘压根不需要帮忙，她自己功夫了得，使出‘暗袖’就可以撂倒那些无赖。”

“真是有趣。”狄公说道，“我听说过这种功夫，真如传说中那样厉害？”

“可不！那姑娘一下子就吓跑了那些人，还扭断了其中一人的胳膊。还有，她只使了一次‘暗袖’！”

狄公道：“我还以为她们总是两弹齐发，就好似袖中藏了两把匕首，那些江湖低贱女子大都会使暗器。”

“大人，她可不是什么低贱女子。”马荣较真儿地说道，“她是一个木偶艺人的女儿。她爹虽然很爱发牢骚，但也是个通情达理之人。”

“她的孪生妹妹叫嫣红，”乔泰插话道，“正是今晚在府邸前大街上卖唱的那个女子，被卢医生碰上，欲行不轨。”

“大人，我没有见过什么嫣红。”马荣漠然道，“但是她姐姐白蓝是一个婀娜美丽的女子，娴静又得体。那种吵嚷粗俗的街头艺人岂能和她相提并论！”

狄公向乔泰投去疑惑的目光，心想，马荣在他手下办事这些年来，一直喜欢吵嚷粗俗的街头女艺人，今天为何如此不屑？乔泰也是不解地挑了下眉毛。

狄公起身道：“我现在要去书房批阅一些文书。明日早饭的时候你们再来这里。天已过子时，大家各自安歇吧！”

十二

小憩不到半个时辰，马荣便起身准备赶往老城。时值丑时，他卸下沉重的盔甲，换上了褐色的便袍，脱去了笨重的头盔，戴上平顶乌帽。他一路走来，城中守卫岗哨的军卒都认得他，即便他穿了便服巡查也无妨。

当巡查到第四个岗哨时，他发现新月桥就在附近，便想起狄公的嘱咐，决定去柳园探探动静。

马荣信步走上新月桥上，在护栏边悄然静立。放眼望去，柳园漆黑一片，只有二楼阳台有微弱的光从一扇糊纸移门后透出。

“正如大人所言，房中还有人！”马荣自言自语道，“我也要去凑个热闹！”

忽然，一阵波涛拍打声从底下传来，马荣扶着护栏向下望去，只见一股急流冲向桥墩，回转后，形成股股漩涡，上面翻着白色泡沫，向前流动。

马荣一看便知，是水闸的门打开了，停滞的运河水开始流动起来。他喃喃道："但愿天上也有闸门，好让这憋闷、污浊的空气流动起来。"

突然，他闭口不言，双手抓住扶栏，尽力探身往下望去。就在运河的左岸，柳园阳台下方的水域，他瞥见一条赤裸的手臂一闪而过。

马荣飞奔下桥，冲进河岸边浓密的灌木丛，朝溺水之人的方向扑去。满是荆棘的灌木丛划破了马荣的脸和手，他全然不顾，直冲到河边。只见水流湍急，冲击着河岸，卷走了大块泥土。马荣迅速脱下衣冠，蹬掉鞋子，将衣物朝灌木丛中一扔，便向河中走去。没走几步，河岸的淤泥便没过了膝盖，他抓住一根半淹在水中的粗木，就着桥下灯笼发出的微光，向水面张望。只见一条手臂再次露出水面，溺水之人正绝望地挣扎着。说来奇怪，水流虽急，但溺水之人还在原处，并未被水冲走，似乎被水底的什么东西给绊住了。

马荣一头扎进湍急的河流中，游了几下，就发现水底十分危险。运河中水草丛生，盘根错节。往日，这运河死水一潭，水中的植物在水底扎了根，如今，再强劲的水流也不能够移除它们，那溺水之人必定是被水草缠住了，无法脱身。马荣生长在江南水乡，熟谙水性，深知稍不留神，就会被水草缠绕，难以脱身。于

马荣救起溺水的白蓝（高罗佩　绘）

是他顺着水流，踩水浮在水面，用手拨开水草，四处张望，他已看不见溺水者的踪影。马荣在河中摸索着，猛然抓到一把长发，接着又触到一条光滑的手臂，他连忙用左手托住溺水者柔软的后背，让那溺水者的头露出水面，右手奋力划水。等他仔细一看，溺水者竟然是白蓝姑娘，她脸色惨白，双目微睁。

“双手搭在我的肩头，不要乱动！”马荣嘱咐道。他见白蓝姑娘的嘴角微微抽动，似要呕吐，略微放心。他的双脚在水中摸索，终于探到一块不长水草的地方，便一边不停地踩水，一边扯去缠着白蓝双腿的水草。马荣连日辛苦，再加上平日缺乏锻炼，此刻已是精疲力竭，但他此刻只担心自己无法将白蓝姑娘安全救上岸去。正在焦虑之时，他发现白蓝已是双目紧闭，昏厥了过去。马荣心想，她一时失去知觉不再挣扎，倒是便于救助，只是不能再耽误时间了，她的胸脯似乎已不再起伏，千万不能让她死在自己的肩头。“我一定要快而不乱！”他暗下决心，深深地吸了口气。

马荣在水中侧转身子，左手托住白蓝姑娘的下巴，好让她的口鼻露出水面，顺势用双腿夹住她柔软的身躯，一路小心地往岸边游去。途中又有水草蔓茎缠绕，都被马荣成功地摆脱。他顺着水流，朝着河岸边的一棵大树游去。

“真他娘的重！”马荣一边嘟哝着，一边费力地抱着白蓝爬上了岸。他用脚试探着，在灌木丛中找到一块草地，将白蓝面朝下放在草地上，然后用力摇摆她的两只胳膊。高高的灌木丛里一片漆黑，马荣只能凭感觉救白蓝姑娘。不一会儿，白蓝吐出大量的水，马荣顿时松了口气，知道她性命无虞，便将她翻过身来，用手试着触摸她的脸。马荣感觉到她的眼皮和嘴唇都在微微颤动。马荣跪下身，开始为她揉搓僵硬冰冷的四肢。马荣喘着粗气，浑身湿漉漉的，他自己也分不清是汗水还是河水。

忽然，马荣听到白蓝有气无力地说道："别碰我！"

"闭嘴！"马荣气喘吁吁地呵斥道。随后，他意识到，漆黑夜里，白蓝根本认不出他是谁，便温和地说："我就是那个在五福客栈帮你清洗袖口的军卒，你可还记得？我一直在那儿和你父亲说话来着。"

马荣听到一声轻笑。

"你摔了个狗啃泥。"她轻声细语道。

"就是，"马荣酸溜溜地说道，"本想帮你，哪知你武艺高强，自卫绰绰有余。不过今晚，你是怎么掉进运河里的？"

马荣在帮她按摩四肢时发现她肌肉结实。白蓝柔声说道："我现在觉得好难受，你先告诉我，你是如何找到我的，现在应该已过了午夜。"

"我们夜间也必须在城中巡逻，这你是知道的。巡至新月桥，我正站在桥上四处观望，刚巧看见你。顺便告诉你一声，我叫马荣。"

"幸亏遇见你，多谢了，马军爷。"

"姑娘不必客气，这也是我分内的事。那姑娘你是如何落水的？莫不是何鹏从阳台上把你扔下水的？"

"真好笑！事实上，何鹏并没有扔我下水，是我自己跳入水中的。”

“自己跳入水中？从新月桥？”

白蓝叹了口气，说：“既然军爷于我有救命之恩，我就如实相告。长话短说吧，家父曾在何府当差，只是前些年离开了何府，我也不知是何缘故。何鹏找到我，邀我今晚上柳园去，说要告我一些有关家父的隐情，他说我理当知道这些。我一时糊涂就去了。哪知何鹏是个恶棍……你不必再帮我按摩了，我觉得好多了……我们一直在他的书房待着，他竟想对我图谋不轨。我们打斗起来，虽然我会一点武功，但那恶棍武艺高强，健壮如牛，他把我的衣裙都撕烂了，争斗中我一脚踢中他的前胸。趁他踉跄后退时，我脱身跑到阳台，从那儿跳入运河。我的水性也不差，没料到河底水草丛生，将我缠住。”

“这狗娘养的！”马荣暴怒道，“等姑娘身体恢复了，我们一起去柳园，将那畜生好好教训一顿。”

突然，马荣感到白蓝的手触在他胸前。

“千万不要这样做！”白蓝急切地说道，“这样做的话，他会毁了我父亲的。”接着，她又伤心地说道：“那何家是大族，有权有势，况且我无凭无据，谁会相信我的说辞？”

“我就是证人啊！随时随地，我都可以证明！”马荣连忙说道。

忽然，马荣感觉白蓝姑娘的手臂环住了自己的脖颈，把他的脸压向自己。她温润的嘴贴向马荣，给了马荣一个热切的吻，她的身子紧紧依偎在马荣怀里，马荣顺势抱住了她。

他俩的第一次拥抱，就这样没有半点犹豫，自然而然地发生了。漆黑的夜色毫无保留地成全了这对男女火一般的激情，营造着温柔撩人的氛围。两人并肩躺在绵密的草地上许久，马荣一只手拥着白蓝的双肩，满心欢喜地想着，之前从未拥有过如此美好的女子，只愿这样的时光能永远这样下去。

然而，白蓝冷冰冰的话，顿时坏了他的好心情。

“这种事迟早会发生的。”她漫不经心地说道，“如此多事的夜晚，多一个意外而已。”

听罢，马荣愣住了，不知如何应答。白蓝继续说道：“衣服怎么办？这儿的蚊虫真讨厌。”

“我去何府后院瞧瞧。”马荣喃喃道。

“真他妈的暗！”马荣边抱怨着，在灌木丛中摸索前行。“真希望从未见过她这张脸！她什么意思，开玩笑吗？还是对男女之事根本无所谓？哎哟……”马荣一不留神，光脚丫子被地上的尖石子划破了。

马荣翻过何府后院的篱笆，发现一根晾衣绳上有几件衣服，想必是下人忘了收进屋里。他顺手拿了一件打着补丁的旧衣衫和一条裤子。

马荣伸手递给白蓝衣衫，说道：“也不知这衣衫是否合身，只觉得袖子比较长，可以放你那铁玩意儿，难道今晚你没有随身带着它们？”

“没有，我不是告诉过你，我一时糊涂，没有多想，总觉得像何鹏这种有身份的人，身边不缺女子，不会做出格的事。军爷，你没有找到鞋子吗？”

“我可以带你去我下水的地方，我的鞋子在那儿。”

马荣不容白蓝反对，一把抱起她就往前走。一路走来，马荣并不轻松，好在姑娘的脸颊不时触碰到马荣的脸，让他满心欢喜，忘记了劳累。马荣把白蓝安置在路边，独自一人钻进灌木丛中，寻找他的衣物。多年的绿林生涯，练就了马荣夜间行走的功夫和辨识方向的能力。不一会儿，他就收拾好了衣物，返回路边。他利索地将围领一撕为二，分别塞进两只鞋内，递给白蓝姑娘。

“穿上吧，这样你就不用像兔子那样跳脚了，至少可以保护那双娇嫩的脚。告诉我，你家在何处？”

“离这儿不远，就在道观后面。”

两人并肩在路上默默走着，尴尬不已。马荣偷看了一眼白蓝，但光线实在太暗，看不清姑娘的表情。

离开新月桥已有一段距离，马荣终于开口说道：“白蓝姑娘，我想再次见到你，不知……”

白蓝停下脚步，双手叉腰，嘲讽地看了马荣一眼，说道：“军爷，如果你以为这样就可以开始一段廉价的情事，那你就错了。你救了我的命，我以身相报，我们两清了，仅此而已，明白吗？”

马荣听罢，深觉受伤。正寻思如何回答，白蓝继续又道：“我父亲所言甚是，你们这些上等人向来喜欢消遣普通人家的女子。你家的娇妻美妾还不够你忙的吗？”

“我还未婚娶呢！”马荣急切地分辩道。

“你在扯谎吧，像你这种军衔的人早成家了。”

“我真的没有婚娶，我没必要骗你。不瞒你说，这些年，当我孤单时，周围是有几个女人安抚我，向我示好，但我从未当她们是婚娶对象。主要是还未遇到中意之人，所以耽搁了。”

“你们这些人都是这么说的。”白蓝冷冷地说道。

“好吧，随你怎么想。”马荣疲惫地说道，“咱们走吧，先送你回家，今晚我还有其他公干。”

“遵命，都尉大人！”

“不要喋喋不休地提我的军衔，你这蠢女人！”马荣爆发了，“我并非出身那些世世代代都是将军和都尉的名门。我是渔夫的儿子，但我引以为豪。我从小生长在南方涪陵的一个小渔村，在你们这些城里姑娘眼中，当然一文不值。”马荣耸耸肩，闷闷不乐地陷入沉默。一旁的白蓝姑娘此时也不言语，也不继续前行，马荣见状若有所思地摸了摸下巴，继续说道：

“我父亲是个非常好的人，力大无比，双臂夹两袋米还能行走如飞。但是，我家唯一的财产就只有一条渔船。我父亲死后，连这条船也没能保住，我要还债，只能变卖了它。”

说到此处，马荣又陷入沉默。过了一会儿，白蓝平和地说道：“我知道债务缠身的难处。那后来呢？”

马荣猛地从思绪中惊醒，抬起头来。

“那时我身强体健，会些武功，县里的县令雇我当他的随从。虽然他待我不薄，给我的报酬也丰厚，但他是个无耻之徒。有一次，他设计欺负一个寡妇，被我撞见，我结结实实地教训了他一顿，把他的下巴都打歪了!”马荣咧嘴一笑，没好气地看了眼白蓝，又继续说道，“打了县令可是死罪，我只得逃跑，后来成了别人口中的绿林好汉。你大概不知，就是强盗。”

“我知道的。既已是绿林好汉，怎么又当上都尉了?”

“马荣真是三生有幸，遇见了狄大人。他是当今世上难得的清官忠臣。马荣追随他十五年，我的一切，军衔、俸禄等全拜他所赐。”

白蓝意味深长地看了马荣一眼，突然用方言问道：“你真的是涪陵人吗?”

“天哪!”马荣大叫道，“难道你也是涪陵人?”

“我娘是涪陵人，性情温和，只是几年前去世了。”白蓝沉默了一会儿，继续说道，“我爹是京城人。”

“你爹耍得我好苦，不过，他是个好人，虽然有些唠叨。”

“我爹可是个一流的艺人，”白蓝热切地说道，“只是他遭逢不幸，才会变得如此愤世嫉俗。”

两人一路前行，不多时，道观的绿瓦飞檐就出现在眼前，大大的纸糊灯笼悬挂在道观门檐下。

白蓝手搭在马荣的胳膊上说道：“我们就此告别，今日去何府之事，你记住了，千万不能让我爹知道。我会跟他说，是不小心跌入运河的。”

借着灯笼的亮光，马荣看清了白蓝姑娘俊俏的脸庞。她那清澈的双目透出一丝柔情，这又让马荣重新鼓起勇气说道：“若能再次见到姑娘就好了，倒不是因为姑娘你知道些什么，只是想增进我们之间的了解。我们能否在什么地方再聚聚？”

白蓝摸了摸湿漉漉的头发，说道：“好吧，若是你还愿意去五福客栈的话，那就明日中午我们再聚，我会尽量赶去那儿和你会合。我们可以一起吃面。我是杂耍艺人，整日在街上流浪，别人也不会在意我和男人一起。倒是你，如果你不介意被看见和我在一起就成。”

“你当我是什么人！我一定会准时赴约的，杂耍姑娘！”

十三

黎明时分，天刚蒙蒙亮，狄公踱出厅堂，来到露台。只见黄色雾气弥漫，密不透风，包裹住了整个露台。近半个多月来，每日清晨都是如此。这预示着天气无变化，无风更无雨。京城百姓又得在这闷热、污浊的空气中熬过一天。

狄公转身走进厅堂，将身后的门紧紧关上，令原本低矮的厅堂愈加闷热。他也很无奈，否则黄色雾气就会渗入厅堂。这间位于府邸顶楼的屋子，原为夏天宴请小酌之用，客人可以在露台上观景乘凉。在瘟疫传播、朝廷迁移后，朝廷下令，此府邸归狄公所用，狄公就将此处厅堂改为自己日常办公、起居之所。他将四张设宴用的案桌围在四周，中间放置自己的书案。四张案桌上分门别类地堆放着文书案牍：第一张案桌上堆放的是日常事务的卷宗；后面两张案桌上堆放的是突发性事务报告和重大案情卷宗；最后那张案桌上放置的是关于粮食配给的卷宗。如此安排令他处理公务时非常方便，任何材料都唾手可得。

厅堂后靠墙处设一卧榻，旁边安置了一张八仙桌和四张椅子，墙角处有一个简易的梳洗台。瘟疫爆发后，狄公将三位夫人和子女送到山里一个朋友处，自己便搬离了原先在皇宫南面的府邸，搬到此处，吃、喝、住及公干都在这里。

狄公就是在这厅堂之上处理公务，管理整个京城。二十天前，皇上亲自将京城事务交给狄公管理。为躲避瘟疫，皇上和整个朝廷已迁至离京城三十里外的山区，在那儿安置了一个临时朝廷。现如今，京城人口骤减三成，好似一个孤岛，被肆虐的瘟疫包围。狄公临危受命，深感责任重大，丝毫不敢懈怠。

在狄公的这个临时住所里，有几十个书吏、侍卫，专门协助狄公与其他衙门的联络。马荣和乔泰在三楼处理军务；陶干在二楼处理文书和卷宗；而府邸的底楼，设有日常处理百姓诉讼的衙门。

此刻，一名贴身侍卫端着饭食进来。他将一碗米饭、一碟鱼干和蔬菜摆放在八仙桌上。狄公拉开椅子坐下，拿起筷子，却毫无食欲。昨晚，他与陶干忙于起草文书、公告，过了午夜方才就寝。虽然睡了两个时辰，但他一直被噩梦缠绕，时睡时醒，让他觉得比往日更加疲惫。他感觉口干舌燥，于是端起热茶一饮而尽。正待要喝第二杯茶时，乔泰走了进来。见过狄公后，乔泰为自己斟了一杯茶，禀道：

“大人，城里已恢复了平静。到目前为止，只发生了一件大案。一个时辰前，四个收尸人趁收尸之际，欲冒犯死者的遗孀和两个女儿，幸好巡逻路过的军卒听到了她们的呼救声，将那四个禽兽当场抓获。遵照大人的指示，我立刻命军卒将四人押送至公共焚尸场，杀头示众。”

狄公点头称许：“做得好，杀一儆百，我相信会有警示作用。现在城里有多少收尸人？”

“注册登记过的，大约有三千人。官府给每个人都发放了数字名牌。他们凭此名牌每七天领取一次酬金。这些收尸人中，恐怕也混入了地痞、流氓。他们穿上黑袍并非为了这点酬金，而是以黑袍做掩护，为了更好地为非作歹而不被惩罚。”

狄公重重地将茶杯往桌上一放，说道：“我们本应该派人监督他们的，无奈军中人手紧缺，而且军卒怕染上瘟疫，不愿近身搜查……”

正说着，厅堂的门开了，马荣走了进来，陶干紧随其后。

“大人，关于何鹏又有了新的情况！”马荣兴奋地叫嚷道。他拉开椅子坐下，便滔滔不绝地向狄公讲述了昨晚的奇特经历。

“太让人吃惊了！”狄公惊叹道，“陶干，看来你我二人突然造访柳园时，何鹏正在等候白蓝姑娘。”狄公眼光犀利地看了一眼马荣，问道：“你能确定，那白蓝姑娘所说句句属实？”

“大人，你不会以为她赤身裸体跳进运河，仅仅是为了游泳，强身健体吧？”马荣愤愤地说道。

"那倒不是。"狄公沉吟片刻，继续说道，"白蓝姑娘需原原本本地将她父亲和何鹏的纠葛告诉我们。马荣，你可知道他们现在身居何处？"

马荣有些忸怩地说道："大人，就在道观后面。不过，明日中午我还会与她碰面。"

狄公机敏地扫了一眼马荣，说道："好吧，明日中午你与她碰面后，把她带到这儿来，最好能把她父亲也一同带来。现在，我们就可以下令拘捕何鹏，指控他一个死罪，企图强奸良家女子，这是手到擒来的事。"说着，狄公走到案桌前，快速找出一纸公文，朱笔圈画，盖上官府大印。随后，他对三位爱将说道："一定要确保何鹏的安全，我们需要从他那儿获得更多关于刺杀叶侯爷凶手的线索。"

狄公把拘捕令交给那个已在厅堂等候的贴身侍卫，交代道："立刻把这拘捕令交给都头，告诉他需带四名衙役一同前往，以防不测。何鹏武艺高强，很可能会反抗，我希望他毫发不伤地被带回来。"

侍卫领命，转身离去时，正好和推门而入的书吏撞了个满怀。书吏向狄公禀道："大人，有一姓方的男子求见，他从事呃……"

陶干俯身对狄公小声说道："大人，此人乃城中妓院、赌场的主管，据说为人不错。"

"带他进来！"狄公命令道。

一个瘦小精干的男子应声而入。他身着蓝色绸袍，头戴无沿圆帽，乍一看像个跑堂的，细细打量却全然不是。他的脸上皱纹极深，整个脸好似被刀割过一般。他左眼睑耷拉着，随着眼睛的一张一合而抽搐着；右眼则坚定地注视着前方，目光凌厉。看着他，狄公遂想到一种爬虫，令他感到不适。姓方的男子忙着下跪施礼，狄公不耐烦地打断道："不必多礼，说正事吧！"

"大人，小的接令查询一名叫'红宝石'的青楼女子。"男子不慌不忙地说道，"如今非常时期，妓院、赌场生意也清淡，小的决定连夜去查访。我一一询问了各青楼妓院的总管、老鸨、皮条客和各处的线人。事情是这样的，首先，可以肯定的是，此女子还是学徒身份，学徒是不允许外出接客的，除非跟着头牌歌姬外出应酬，帮着更换衣裳，端茶斟酒，小唱一曲或者伴奏一曲。在通过特定的考试之前，她们也不许在公众场合跳舞，更别提那种淫荡的裸舞，只有一群特别的舞姬才有此特权；第二，在官方和非官方的所有名头里，未发现'红宝石'的名号；第三，近半月来，没有一家青楼妓院接到过叶侯爷邀约，虽然之前叶侯爷是青楼的常客。"

姓方的男子盯着狄公，继续说道："大人，据小的推断，那一对男女并非青楼女子和皮条客。我们行会的会首对此欺骗行径感到非常气愤，他已放话出来，悬赏找寻这两个人，希望不久便能找到他们。"不知是习惯性的左眼抽搐，还是因为要总结陈词，方姓男子的左眼又抽搐起来，"行会不会任由他们违反行规的。"

"非常感谢。"狄公说道，"你提供的这些线索非常有价值。"狄公意欲打发这个面相丑陋的男人。陶干俯身在他耳边言语了几句，狄公清了清嗓子，继续道："方兄你似乎对一些机密的事也了如指掌。"

"不瞒大人，正因为如此，小的才能在此行混迹二十多年。"那男子微微一笑道。

"事实是，"狄公继续说道，"我希望你能收集到有关梅夫人，就是梅员外遗孀先前的资料，据说她出身娼门。"

"回大人，这事小的碰巧知道一些。事实上，那女子还不是一名真正的歌姬，只是一名学徒。十三年前，她登记在老城花满楼名下，名号'蓝宝石'。"

"是梅员外帮她赎的身吗？"

"并非如此，大人，只是后来她才和梅员外生活在一起。"眼见狄公抬起眉毛，他连忙继续说道，"实在抱歉，大人！'蓝宝石'的身世我也不是非常清楚，主要有两个难处：第一，'蓝宝石'所属的花满楼是前朝所遗，只要太平无事，我们一般不干预其经营。但是，'蓝宝石'离开后不久，一场大火将其尽毁，老鸨、妓女多数都殁于其中，我无从打听是何人为她赎身。第二，'蓝宝石'后来跟随了富商梅员外，虽然梅员外是旧朝大族的开明人士，但涉及私事，他亦讳莫如深。加之他是城中首富，无人敢觊觎他的私生活。我对此事记忆犹新，也是因为至今未得其解，实在遗憾。"

"的确如此。"狄公说道，"对于你的能力，我深信不疑。希望你能继续打探'红宝石'的下落，一有消息，请立刻报我。"

姓方的男子离开厅堂后，狄公愤愤道："那何鹏满嘴谎话！

若不是我亲自拾到那‘红宝石’的耳环，我根本不会相信‘红宝石’和那皮条客的存在，会以为是何鹏和那侍女杜撰出来的。还好，我已下令拘捕何鹏，为的是……”不等狄公说完，那侍卫又返回厅堂，狄公不耐烦地问道：“又有何事？”

“禀告大人，衙门一信差来报，说叶老夫人悬梁自尽了，是卢医生发现的。衙役们……”

狄公一惊，说道：“我亲自去处理此事。”他起身对部下说：“我倒想知道，接下来还会发生什么！卢医生发现的，又是那个滑头的色鬼。陶干，今早我还有什么事需要处理？”

“一个时辰后，您要去兵营训话，然后去规劝农民继续往城里供应新鲜蔬菜。之后……”

“好吧，就利用这一个时辰去叶府一趟，看看究竟发生了什么事。替我备好衣帽，我们四人立刻动身。”

十四

一顶军用大轿抬着狄公和他的三名爱将来到了叶家大宅，紧随其后的是仵作及其他随从的轿子。此刻，黄色雾气已渐渐散去，取而代之的是潮湿的薄雾，空旷的街道好似在闷热的湿气中摇晃。

为众人开门的是卢医生。他惊愕地盯着狄公，结结巴巴地说道："我……小的以为是衙役前来，大人，我……"

"我决定亲自调查此案。"狄公简要吩咐道，"你前面带路。"

卢医生略一施礼，引着众人穿过前次经过的庭院，来到了四面围墙的花园。但是，卢医生并没有带众人从金漆镶板的正门进入，而是领着众人进了间侧房，显然那是叶夫人的起居室。进入房内，狄公草草环顾四周，见屋内布置典雅，都是上等的木制家具。狄公径直走向卧榻，见叶夫人直挺挺地躺在那儿，身上盖着一块白布。狄公掀起白布一角，见到一张扭曲的脸，肿胀的舌头露在外面。他示意仵作和他的随从开始查验尸体。叶夫人的贴身侍女桂花，此时正蹲在一旁不停地抽泣着。狄公深深地看了她一眼，打算过一会儿再盘问她。他转身走出屋子，来到花园，那卢医生也跟了出来。陶干等三人站在花园的荷花池边。狄公在一粗木椅上坐下，向卢医生问道：

“你是何时发现叶夫人自尽的?”

“回大人，大约半个时辰前，在下来探访叶夫人的病情。叶侯爷之死对她打击不小，在下担心……”

“这个不用多解释，说重点!”

卢医生悲切地看了一眼狄公，顺从地说道：

“桂姨直接把在下带到叶夫人地起居室，她说在下来得正好。她给夫人送早茶去，但夫人把门反锁了，任凭她怎么敲门也不开。此举通常表示，叶夫人心情不好，夜晚难以入眠。在下说会给她开一剂安神的药。随后，在下亦去敲门数次，向门内说了自己名姓，屋内却无任何反应。在下担心叶夫人在夜间发了急病，需要即刻治疗，便让桂姨叫来她儿子，撬开了门。”

卢医生捋了捋稀疏的山羊胡，摇头道：“我们破门而入时，发现叶夫人便吊在房梁上。我们立刻割断绳索，但她的身体早已冰冷僵硬。梳妆台被移至房梁下方，梳妆台旁边是一把侧翻的椅子。显然，叶夫人是将椅子搁在梳妆台上，然后自己爬上去，将

狄公勘查命案现场（高罗佩　绘）

绳索套上自己脖子后，再踢翻椅子的。在下检查后发现，她的脖子断了，估计是当场毙命的。大人，作为她的医生，在下认为她是受到刺激精神恍惚而自杀的。”

“好吧，有劳了，现在你可以进屋协助仵作查验，他可能还有一些事情要问你。”

待医生进屋后，狄公向三个手下说道：“让他们在这儿忙，我们到别处转转，先去廊房，现在天已大亮，或许我们还能发现昨夜遗漏的线索。门童呢？”他击了击掌，未见门童现身，便说道，“好吧，我应该记得路的。”

狄公领着三个手下穿过曲折的走廊，其间还错拐了一个弯，最后他们终于找到通向廊房的楼梯。狄公先进入房内，紧跟其后的是陶干。目下，窗前所有的竹帘都已放下。他嘱咐陶干道：

“最好卷起那些……”

未等狄公说完，就听见身后一声惊叫，那是马荣。他呆若木鸡地杵在那儿，一动不动地盯着廊房。

“何事大惊小怪？”乔泰不耐烦地问道。

“这廊房和袁老头影戏箱放出的画面一模一样。”马荣叫喊道，“就在这儿，黑衣男子用鞭子抽打一名女子，”马荣急切地指了指窗台前的走廊，“只是，卧榻的位置不同，应该是在中间的，女子被面朝下绑着，而且……”

“你说什么？”狄公吃惊地问道，“谁是袁老头？”

马荣将头盔往后推了推，挠挠头道：“这个说来话长……”

“那就坐下慢慢说。”狄公打断道，“陶干，先把这些竹帘尽数卷起，打开窗户，我实在不喜欢这儿的陈腐气。”

一干人在卧榻上坐定，马荣将在五福客栈邂逅袁老头的情形一一道来。“最后，”马荣说道，“袁老头准备让我看第二部戏，那场景是水边柳树丛中的一幢小楼，我只看了一小会儿，因为影戏箱中的蜡烛烧尽了。昨晚，我站在新月桥上，由于光线太暗，看不清何家柳园的全貌。现在一看，那场景就是何家柳园。”他指着窗外又道，“袁老头给我看的第二部戏，就是对岸的何府。”

狄公环顾窗外四周，手捋长鬓，若有所思。顿了片刻，他对马荣严肃道：“这说明，袁老头知道六年前叶侯爷在此鞭挞侍女致死之事，且何鹏也参与其中。白蓝姑娘既已告诉你，她父亲曾在何府当差，那袁老头或许目睹了此事。马荣，你一定要将那袁老头带来见我，我有话问他。”

“遵命，大人！”马荣咧嘴笑着应道。

狄公站起身，对马荣、乔泰二人吩咐道：“你们二人再去窗台看看，告诉我，我的推断是否正确，那就是，只有练过武功的人才能翻进这廊房。”

马荣和乔泰走向窗户，狄公和陶干又在房内细细察看。

马荣和乔泰小声商量了一会儿，便来到狄公身旁。

“我们发现其中有一个墩子非常光亮。”乔泰说道，“大人，攀上石墩并非难事，但要从石墩爬上窗台却非易事。只因石墩支撑在廊房下面，窗台则悬在外面，石墩和窗台的垂直距离有三尺多，又无可以依附之物，不善攀爬之人绝对翻不进来，而且此人必须高大有力。”

“何鹏非高大之人。”狄公若有所思地说道，“但是，我注意到他的手臂很长，就像猿猴的手臂一样。所以，我觉得……”

不等狄公说完，陶干拉了拉他的袍袖，急切地说道：“大人，我昨晚勘查时，竟漏了此处。”陶干指着卧榻边的一排围板板，其中一块竟是一道暗门，上面有一个不显眼的把手。“昨晚烛光实在太暗，而且这些围板看上去一模一样……”

“不必在意，”狄公安抚道，“我们进去看看！”

这是一间狭小的屋子，没有窗户，房内弥漫着陈腐的脂粉味。一张梳妆台占据了房间的一大半，梳妆台上有一面极大的银质圆镜，除此之外，只有一个圆凳和两个高高的挂衣架。背面的一堵墙上还有一扇狭窄的门。

狄公将梳妆台的抽屉悉数拉开，发现全是空的。忽然，在一个木头缝隙里，他拈出一个小物件，定睛一看，是一颗红宝石。

“看呀！”他对三人说道，“那红宝石姑娘逃离时太匆忙了，这是她另一只耳环上的红宝石。”他把宝石放进袖笼，随后说道，“且看此门通向何处。”

马荣推开小门，见是一截陡直、狭窄的楼梯，连着一条密不透风的狭长通道。一行人沿着通道走到尽头，推开门便是叶府的前院。

“这是一条从前院到廊房的近路。”陶干说道，“叶侯爷招来的那些烟花女子，从此地进出，倒是可以避人耳目。”

“那间闷热的小房间是她们的更衣间，其实是脱衣间！”马荣嘲讽地说道。

狄公似乎没有听到他们的议论，他的眼睛一直盯着那个少年门童。此刻，门童正拿着水桶和扫帚穿过院子。门童瞧见他们，愣了一下，尴尬地鞠了一躬，急忙跑掉。

狄公转身向陶干问道："你觉得这年轻人长得像谁？"

陶干困惑地摇了摇头。

"他身上有何鹏的影子。"狄公肯定地说道，"难怪初次见到何鹏时我就觉得面熟。现在，光天化日之下，再看那孩子，我敢确定，那孩子是何鹏的私生子。陶干，你不是说过世家旧族间有那种陋习吗？难怪桂花有如此说辞，除了憎恨叶侯爷外，最重要的是想混淆视听。当桂花在廊房发现叶侯爷的尸体后，她将窗台擦拭干净，替何鹏消灭在场的罪证。"

说到此处，狄公突然打住，手捋长须，陷入了沉思，浑然不知三名属下正专注地看着他。过了好一会儿，狄公抬起头问马荣："你去五福客栈时，那袁老头可知你的身份？"

"起先，他并不知晓，只把我当作普通的军卒，只因我嫌麻烦，事先拿掉了徽章，穿着普通的军服，与其他军卒并无两样。"他蹙着眉头，继续又道，"之后，他故弄玄虚，让我看皮影戏，我以为那可怕的场景是真的，就告诉他，我是都尉，好让他带我去抓了那逆贼。"

"我知道了，我得马上见到袁老头，明日太迟了。只可惜，他女儿未曾告你她家的住址。不知客栈掌柜是否知道他们的住所？"

"大人，掌柜也不知道。我曾问过，他说他们居无定所，流浪卖艺。”

“好吧，等我们勘查完此地，你与乔泰一同去道观后面找他们，然后将袁老头带至衙门，还有他的女儿嫣红，也一同带来。她的姐姐白蓝我不需要见。走吧，我想仵作该验完尸了。”

说罢，狄公转过身子，朝花园走去。

仵作和卢医生正坐在花园的荷花池边的石凳上，见狄公过来，连忙起身施礼。仵作将尸格交给狄公，说道：

“大人，在下已仔细查验了叶夫人的尸体，身上并无暴力痕迹。她定是在子时与丑时之间上吊的，那时人的精神状态是最低迷的时候。上吊的方式如卢医生先前所言，在下已在尸格上详细描述了。在下现在马上去起草死亡文书，然后把尸体暂厝在棺木中。叶家侍女告诉在下，说城东还有叶家的一位叔伯，她已将地址给了在下。在下会立刻差人将他召来处理后事。”

狄公点点头，命道：“留两名军卒在叶府守着。卢医生，稍后请随本官去前厅，本官有话问你。马荣、乔泰，你们现在可以去办差了。陶干，你马上回府准备。待本官和卢医生谈完，即刻与你会合。”

狄公径直走到前厅角几旁，用袖子拂去椅子上的尘灰，自顾自坐下，随后示意卢医生也坐下。他和颜悦色地说道：

“医生，关于叶夫人自尽之事，本官很想听听你的高见。她为何要自寻短见呢?”

卢医生原以为狄公会严厉地质问他，不想狄公以此为开场白，顿时感到轻松很多。他捋了捋山羊胡，慢条斯理地说道：

“大人，治疗心病是很难的。根据在下长期对叶夫人的诊治看，在下可以对她的病情做个概述。”他清了清嗓子，继续说道，“当然，对死者不该有微词，但是，对大人您说出实情亦是在下的本分。那叶侯爷生性暴戾、荒淫无度，沉迷酒色不能自拔。叶夫人深爱自己的丈夫，却又无能为力，每日在煎熬中度过。于是，为逃避现实，她将丈夫想象成谦谦君子，时日一久，她自己也信以为真，这种假想能让她近乎崩溃的心理得到片刻安宁。当她听到叶侯爷的噩耗时，所有的幻想都破灭了，她又回到了现实。这对她来说是极其残酷的。”

狄公缓缓点头，表示赞同。卢医生言辞有度地表达出自己的意见，心思缜密，让人不敢小觑。

“卢医生，你医术精湛，是同行中的翘楚，但本官有一事相问，此事无关医学。你常年在外行医，定然知晓许多秘闻，特别是有关世家大族的。据说，梅夫人的出身是个谜，但因为涉及巨额遗产，本官的主事官们一定要弄清楚继承人的身份，才能起草相关文书。卢医生是否可以为我指点迷津？”

卢医生被狄公这么一问，有点不知所措。他迷惑地抬眼望了眼狄公，马上露出一丝浅笑，说道：“大人，您所说的那个谜团是有人编造的。我要告诉你的这个秘密，可是千真万确的。”

“那梅夫人真是歌姬出身？”

“不是，大人，千万别听信谣言！百姓们喜欢丑闻轶事，就有一些市井小人散播这些流言蜚语。其实，梅夫人亦是本地世家大族之后。”

“那为何要隐瞒身份呢?”

“那是因为梅夫人的娘家和梅家是世仇，且梅老爷比她要年长很多，她的父亲竭力反对这门婚事。但是，梅夫人仰慕梅员外的人品德行，执意要嫁，她不顾父亲的百般阻挠，私自逃离娘家与梅员外暗结连理。真是个女中豪杰！她的父亲知道后，勃然大怒，却又无能为力，觉得羞于待在此地，便举家迁往南方。事情经过就是这样的，大人。”

“真是人言可畏！好吧，本官会吩咐属下把事情弄清楚的。另外，医生，对于控制疫情，你有何高见?”

于是，卢医生头头是道地发表了一通很长的医理，狄公听得连连称是。那卢医生虽然好色，对于医术还是非常精通的。狄公热情地谢过他之后，便走向大门，他的轿子已在大门外等候。

十五

马荣和乔泰神色不悦地在道观门前与两个身着黄色道袍的道士攀谈。两个道士一味地向两人拱手作揖，长长的袖笼拖在地上来回拂动。就在此时，两个身穿黑色兜帽长衫的收尸人从街那边走来，其中一人掀起兜帽，嗓音暗哑地对两个道士叫喊道：

“我们的护身符比你们的好卖，臭道士！”

另一个收尸人随即狂笑起来，声音在空旷的街道上回荡。

“我们这一片的地痞流氓倒是很多，”年长的道士对乔泰说道，“但是，我们从未见过耍猴、放影戏的卖艺人。”

“最近十日，无人来过道观。”另一道士附和道，“我们只是日夜做法事，祈雨求福。”

“那就继续祈雨吧，告辞！”马荣没好气地说道。随后，他向乔泰示意，两个人就此离开。他们下了道观门前的台阶，来到街上。

乔泰扫了一眼街对面的店铺，所有店铺都是店门紧闭。他沮丧地说道：“显然，这些店铺和城郊的大小铺子一样，只在清晨做一个时辰的买卖，出售一些食物，随即就店门紧闭。他娘的，也不知去找谁打听袁老头和他的女儿，难不成挨家挨户地敲门打探？”

“的确不易。”马荣神情黯淡地附和道，“街上连一个顽童也没有。要在平时，小孩都喜欢在街上看杂耍，他们一定知道袁氏父女的行踪。”

乔泰扯了扯两撇黑胡须，突然问道：“你可记得袁老头的那个小猴？它长得什么模样？那天客栈的光线太暗，我没有看清楚。”

“袁老头的猴？有关系吗？”

“它是否有尾巴？”

“有的，一条长长的、毛茸茸的尾巴，还绕着袁老头的脖子呢。”

“太好了，那是一只树猴！”乔泰兴奋地说道。

“一只树猴，有何不同？”马荣恼怒地问道。

乔泰若有所思地抬头朝道观望去，神情凝重地对马荣说道：“兄弟，我觉着，我们最好能登上道观后面的那座宝塔。”

“为啥？锻炼身体吗？”

“去找树林子，老兄！在这贫民区不会有很多花园林子的。带着猴子走街串巷卖艺的人，对待猴子都相当的好，因为要仰仗它们挣钱。通常都是这些被训练过的猴子端盘去向围观的路人收钱的。因此，这袁老头定会找一棵大树，让他的猴歇息，你可明白？若是只地猴，就不需要费劲找树了，只消让它在家具间蹦蹦跳跳，它就很开心了。”

马荣缓缓点头称是。他与乔泰一同混迹江湖多年，深知乔泰对付动物很有一套。乔泰平素喜欢驯养动物，对各类动物的习性颇有研究。

“好吧。”马荣说道，“我们就上那宝塔，看看周围哪儿有树木。这不算什么好的线索，但总比没有强。”

俩人踏上石阶，重回道观。一个小道士引着二人穿过庭院，来到大殿后面的九层宝塔前。两个人踏上狭窄、陡直的石梯，不一会儿便挥汗如雨。两个人骂骂咧咧地终于到达宝塔第九层的平台，向下俯瞰，发现弥漫的晨雾已散去，下面各式的屋檐、街道，犹如一张写实地图展现在二人眼前。他们只找到一小片树林，就在道观的后面，被危棚旧房围绕着。再远处，可望见有一根高耸的旗杆，一面旗子孤单地飘荡着，那是一处岗哨。

“兄弟，我们就去那片树林。”乔泰说道，“从这儿望去，树林周围的房子正好围成一个四方形，这片房子比其他的房子高出许多，我猜想是以前大户人家遗留下来的宅邸。以前，这一片是老城中心，现如今却只有一些平民百姓住在这里。”

“对，袁氏父女可能就住那儿，我们先研究一下到那儿的路线。”马荣靠着栏杆，费力地看着下面迷宫一样的街道、小巷，说道，“我们先去道观后面的那块四方空地，你看，然后沿着这条弯弯曲曲的路往前，再向左，拐进一条笔直的小巷。这样走，不会有错的。”

两个人兴高采烈地下了塔，往树林方向走去。

两人在肮脏的街道上穿行了约半个时辰，早已没了精神。越往里走，房屋越破旧，街头巷尾空无一人，他们也无处问路。最后，在一角落处，他们总算遇见一位穿着破衣烂衫的老乞丐婆。她正在臭气熏天的垃圾堆里寻找可以果腹的东西。

她告诉两人，这附近从未见过玩杂耍的江湖艺人，但是，再往前走三条街，的确有个大宅子。“一个好大的宅子。”老妇人说道，“老百姓住在后宅，但里面没有树木。前院已很破旧了，现在用来堆放病殁者的尸体，收尸人会到那儿收尸的。”她摸了把汗涔涔的脸，撸掉了一撮白发。她又道，“我们运气好，许多收尸人都聚在这里。他们都是好人，能召唤鬼魂，他们还有能防病降灾的护身符。”

乔泰谢过老妇人，两人继续前行。在第二个街口，他们遇见一伙收尸人，有十几人之多。其中有一个瘦高个，身穿锦缎长袍，头戴黑纱高帽。

“嘿，卢医生！”马荣大叫道，“你怎么在这儿？”

卢医生与旁边的高个收尸人耳语了几句，趋步走来，彬彬有礼地答道：“两位军爷，前面宅子里有两位姑娘染上了瘟疫，在下刚刚前去诊治过。不幸的是，在下亦无回天之力，眼睁睁地看着她们在眼前死去。”

听罢，马荣顿时脸色惨白，一阵揪心。

“你说的可是袁氏姐妹？”马荣问道。

“袁氏，她们姓袁吗？”卢医生向高个收尸人询问道。罩着黑长袍的收尸人耸了耸肩，不置可否。

“卢医生，你带我们去看看，未承想你对穷人亦如此关心。”马荣说道。

“在下只是尽本分而已。”卢医生冷冷道，“两位如要核实，请随在下过来。”

他们继续前行，收尸人们紧随其后。过了一会儿，那高个收尸人走到乔泰身旁，说道：“军爷，我认识你，你就是那个将我们四个兄弟斩首示众的军爷，在广场那边。”说话者由于戴着遮脸兜帽，声音有些喑哑。

“若你作奸犯科，我一样也会剁你的头，你最好小心行事。”乔泰告诫道。

高个收尸人闻言退后，与后面的其他收尸人交头接耳起来。过了一条街，又有一批收尸人加入他们的队伍中，彼此热烈地议论着。马荣扫了一眼众人，从那些黑兜帽缝隙中露出的双眼，马荣读出了这些收尸人的敌意。他轻轻地用肘碰了碰乔泰，乔泰亦有所察觉，遂将手搭在腰际的剑柄上。

“我们到了。”卢医生在一扇破旧的大门前停下。大门两旁砖墙上的泥灰都已剥落，露出饱经风霜的砖块，但是门上的饰钉倒是新的。卢医生用手指了指木质门闩，两个收尸人连忙上前抬起门闩，推开了门。卢医生首先踏进门去，马荣和乔泰紧随其后，收尸人留守在门外，狭窄的街道站满了黑衣长袍的收尸人，黑压压的一片。

马荣疾步走向昏暗的前厅，一堆杂物上躺着两具尸体。马荣屏息一看，是两个完全陌生的女子，顿时松了一口气。

“这儿的空气相当污浊。”乔泰对卢医生生硬地说道，“在此居住的百姓必须搬离此地。”

“军爷，你去和他们说吧！我另有要事处理，就此告辞。”

“见到你总没好事。”马荣没好气地说道。

“军爷，你们也要多保重，说不定哪天你们也用得上我。”卢医生恶狠狠地回敬道。

“如果我们有什么不适，”乔泰调侃道，“定会找衙门的仵作的，他也会乐意查验一下活人的身体。”

卢医生不再言语，转身走出门外。

乔泰、马荣二人沿着一条狭窄的过道向后院走去。不远处，坍塌的屋顶露出一条大缝，可从那里看到阴沉的天色。整个过道没有一扇窗户，两旁的砖墙斑驳不堪，却很坚固。过道的尽头还有一扇门，乔泰试图推开，门却纹丝不动。乔泰附耳在门板上，听到另一头有许多人说话的嗡嗡声。突然，一个刺耳的声音从上面传来：“狗娘养的，看你们往哪儿逃！”

抬头一看，一个戴黑兜帽的收尸人趴在屋顶的缝隙间，只听嗖的一声，一支弓箭从马荣耳边飞过。

“赶紧往回走！”乔泰低声说道。

马荣、乔泰赶到，见地上倒卧着两具女尸（高罗佩　绘）

两人飞快地沿着过道往回跑，马荣跨过两具女尸，欲拉开大门，大门却早被反锁了。

“他们把我们包围了。”乔泰低声说道，“这群杂种有弓箭，透过屋顶的缝隙，随时可以要我们的命。我们不如从过道的后门冲出去，杀出重围。”

“天知道他们在长袍底下藏了什么武器。”马荣急匆匆地说道，“兄弟，是四十个人对付两个人，我们一定要智取，千万不可鲁莽，快帮我把盔甲卸下。”马荣低声在乔泰耳边交代几句，随后大声对着门叫喊道：“知道你们在做什么吗？混蛋！我们的人会把你们剁成肉酱！”

门外的收尸人一阵狂笑。其中一人叫喊道：“在他们来之前，我们早就给你俩收尸了，神不知鬼不觉的，谁会在乎你们？”

“我们走着瞧！”马荣一边叫喊着，一边帮乔泰把自己的盔甲套在一具女尸身上，然后马荣将女尸架起，乔泰用剑柄支在女尸的脖颈处。“对不住了，大姐！”乔泰嘀咕道，双手支撑着剑柄，把软塌塌的尸体拖至屋顶的缝隙下面。此刻的马荣穿着皮裤和单衣，正伏在大门边察看门外动静，门闩依然横在那儿。正当他回头看时，两支箭射向了乔装过的女尸，乔泰把女尸放倒在地上，正准备俯身向下看时，一支箭射中了他的后背，另一支箭从他的耳边擦过。乔泰惨叫一声，顺势倒在女尸身上，一动不动。

“射中他们了！”一个声音在屋顶上大叫。

马荣背靠墙，站在门边，听见门闩被挪动的声音。门开了，一个收尸人跨了进来，马荣箭步上前，用左手扣住他的脖子，右手拿起匕首直刺那人的要害。随后，他迅速用脚将大门踹上，将收尸人的尸体往地上一扔，从里面将门锁上。

“怎么啦?”门外传来一个声音。

马荣从地上的收尸人身上扒下黑袍、兜帽，自己穿戴起来，还不忘把收尸人的匕首插入自己的腰带。然后，他走到乔泰那儿，对着屋顶的缝隙叫喊道：

“拉我上去！门闩坏了！”

两个收尸人从缝隙处往下望，不知有诈，忙取来一个竹梯，从缝隙处放了下来。马荣飞速攀上竹梯，来到屋顶，发现两个收尸人手持弓箭，正摇晃着站在狭窄的屋脊上，屋脊是与后院连成一片的。

“怎么……”高个收尸人正要发问，马荣用力一推，他一个趔趄就跌入缝隙，摔了进去。马荣随即拔出刚刚从收尸人身上获取的那把匕首，用尽浑身力气刺向另一个收尸人的腹部，随后也把他从缝隙处扔了进去。

接着，马荣小心翼翼地沿着屋脊，来到过道后门的上方。他看见下面小花园里聚着二十多个收尸人，便大叫道：

“快跑啊！官兵已到大门口了！”

底下的人正不知所措，只听得大门那儿传来的撞击声，吓得都往花园门口跑去。

马荣沿着屋脊，尽可能快地往回走，屋脊陡峭，他必须小心翼翼。当行至大门上方，他不由松了口气。

“官兵们已到了后门！”他故技重施，对下面的收尸人喊叫道，“隔壁街上还没有官兵，我们赶快跑，还能逃脱！”

下面传来一阵抱怨声和诅咒声，马荣朝黑压压的人群中看了一眼，卢医生并不在其中。

当马荣回到屋顶缝隙处，爬下竹梯时，乔泰已将马荣的盔甲从女尸身上卸下，用头巾把盔甲和头盔一起包好了，自己正往身上套那高个收尸人的黑袍。从屋顶摔下来的收尸人早已气绝身亡，歪在一旁。

“把那兜帽也套上，随我来！”马荣对乔泰说道。

两人又从竹梯爬上屋顶，环顾四周，见所有的黑衣收尸人都已散尽。两人再沿着屋脊往后门方向前行，跳进后门小花园，打开院门便是一条小巷。

“咱们先去岗哨！”马荣气喘吁吁道。

拐到另一条街，他们迎面碰上四个收尸人。

“兄弟！官兵在哪个方向？”乔泰故意问道。

“到处都是！快跑吧！”收尸人推开两人，只顾逃命。

过了好一会儿，两个人才到达岗哨。一路走来，他们只遇见一个普通百姓，那百姓见两人这身装扮，立刻退避让路。

一跨进岗哨的院子，他们便脱下黑袍、兜帽和内衣，赤身裸体地蹲在地上，让士兵用冷水冲洗他们的身子；角落处，另外两名军卒用药草熏他们的衣服和盔甲，以防染上瘟疫。

从士兵口中得知院中有一匹快马，乔泰心里满是欣喜。这是他与马荣设计的紧急方案之一：日间在各个岗哨备一匹快马，以便随时传送消息；夜间向天空发射彩色烟火传递信息。乔泰立刻命一名军卒骑马到附近各个岗哨报信，从各处调遣军卒，凑齐一百人，围捕道观附近的收尸人。他命令道：“拘捕所有携带兵器的人，若遇到负隅顽抗者，就地斩首。抓捕到的收尸人送往衙门审问。”

马荣拿来了创伤膏，为乔泰涂抹背上的伤口。乔泰感觉一阵刺痛，不由得皱起眉头来。虽说有铠甲护身，箭头未能刺入体内，但也扎破表皮，自然疼痛不已。

“幸好只是一般的木箭头，”马荣说道，“若是那些带倒刺的铁箭头，只怕要伤到你的身体了。跟他们说过多次了，要对付新型的箭头，需给我们配备铁制的前胸、后背护甲。他们却说不能为了保全性命而减缓了行军速度，真是一群顽固！”

两人重又穿戴整齐，和军卒们一起简单吃罢午饭。两人离开岗哨，重返贫民区。显然，人们已得到风声，此地不太平。当两人走过街道时，老百姓纷纷打开窗子，朝肮脏的街道探头张望。乔泰、马荣一路询问，找到了那条狭窄、比别处稍微干净点的小巷，来到了一所大宅子前，摇摇欲坠的大门虚掩着。

宅子前厅空空荡荡的，墙面的灰泥早已剥落，地面倒是干干净净的，被打扫得一尘不染，左右两边的房间，门洞大开，门板都已被卸除，显然早就被当作柴火烧掉了。

“没有人嘛！”乔泰低声说道。

“嘘！”马荣举手示意乔泰噤声，一阵笛声从后院传来。

两人穿过前厅，打开大门一看，后面是个空旷、破败的大花园，园内杂草丛生，混杂着几棵桃树和橘树，左右两边各有一条走廊，通向后院高高的楼阙。这就是他们在九层宝塔上看见的四方花园。站在此处，笛声更加清晰，吹奏者显然是个行家，曲调优美、婉转。

“总算找到他们了！”乔泰感叹道。他手指着一处树枝，只见一只褐色的小猴正用尾巴倒悬在树上，双眼滴溜溜地盯着两人。乔泰发出一阵咕噜声，试图引它下来。这时，马荣早已奔向左边的走廊。走廊边低矮的栏杆红漆剥落，可见这宅子年久失修，且已空置许久。

乔泰追上马荣说道：“希望你那白蓝姑娘在家，我会缠住她父亲和她妹妹的，你正好可以将她带到一边，好好倾诉。”

马荣咧嘴大笑，向来不苟言笑的兄弟，居然说出此话，如此为他着想。

两人来到后院，放慢脚步。他们透过拱形圆门，看见一幅美妙的图景：袁老头坐在宽敞高大的厅堂中央，手持长笛，正在吹奏；嫣红姑娘身穿柔纱长衫，脚蹬绣花鞋，挥动长袖翩翩起舞，婀娜多姿。大厅的角落处，有一张茶几和几个木凳；大厅的后墙上有一月牙形门洞，可望见里面的小花园。花园内怪石嶙峋，竹叶相映。猛然见此景象，恍若隔世，马荣、乔泰看得入迷。

最后还是马荣先醒悟过来。他清了清嗓子，踏进厅堂。袁老头将笛子放下，抬起双眉，打量着两位不速之客。接着，他缓缓起身，走向两人。他微微一鞠躬，声音低沉地问道：

“两位官爷光临寒舍，不知有何贵干？”

“你女儿白蓝姑娘是否在此？”马荣急切地问道。

袁老头若有所思地看了马荣一眼，说道："不在，半个时辰前，小女有事外出了。两位官爷请坐。"他指了指角落的木凳，又吩咐女儿道："嫣红！去厢房拿些茶来！"

马荣一时语塞，不知如何开口。他捋了捋胡须，觉着单刀直入地说正事有点唐突，于是东拉西扯起来：

"方才，我们遇到一伙想要滋事的收尸人。最近，你们可曾听到什么消息？"

"没有。不过，那些收尸人确实是一群祸害。他们私下拉帮结派，强迫老百姓购买他们的'护身符'，说是能防病避灾。他们还胡说什么京城瘟疫流行是老天对当今皇上的惩罚，想以此收回天命，要改朝换代了。"袁老头耸耸肩，继续道，"改朝换代又怎样？被统治的老百姓永远是弱者，吃不饱，穿不暖。"

"老天保佑吧！"乔泰见马荣一副窘相，忙解围道，"袁老爹，狄大人命我二人来此传信，让你立刻去见他，还有你女儿嫣红姑娘。"

"狄大人，是狄大人要召见我们吗？"袁老头缓缓问道。此时，嫣红手捧茶具来到厅堂，她将小茶几挪至两人跟前，沏上两杯热茶。马荣觉着嫣红虽然甜美可爱，但不及她姐姐清秀，她姐姐有种英气。

"两位官爷要护送我俩去官府走一趟。"袁老头对嫣红说道。

嫣红一惊，以袖掩嘴。

"我们大人只是向你们打听一些事。"马荣连忙解释道。

"那小猴怎么办？"嫣红问道。

嫣红挥舞长袖翩翩起舞（高罗佩　绘）

“它不会跑远的。”袁老头安慰道，“它对周边还不熟悉，它不敢离开这花园。再说，白蓝待会儿回来，会照顾它的。我们走吧。”

一行人沿着走廊朝大门走去，袁老头手臂一挥，说道：

“看看这院子，以前可是个不错的大宅院，是大户人家的房子，前些年他们搬走了，一些平民百姓就来此地安身。据说屋子闹鬼，他们也搬走了。”袁老头耸耸肩，继续道，“我可从未在这儿遇见过鬼，嫣红在厅堂跳舞，她姐姐在花园练剑，我们住得好好的。”

当他们来到大街上时，一队全副武装的军卒从他们眼前经过，围捕不法收尸人的行动开始了。

十六

狄公正坐在案桌前批阅公文，陶干侍立在旁，一张一张地把公文递上。狄公见马荣、乔泰进了屋，便放下手中的毛笔，说道：

“今日上午，何鹏已被顺利拘捕，他未做任何抵抗。现在刚过晌午，你们已找到袁氏父女了？”

“是的，大人。”马荣答道，“他俩正在门外等候，嫣红的姐姐白蓝姑娘外出有事，您说不用唤她，我们也就未等她回来。大人，我们外出寻访时，遇到一伙滋事的收尸人。他们私下结盟，组织起了一个半宗教式的帮会，强行向老百姓兜售‘护身符’，还散播各种叛乱的谣言，蛊惑民众。”

狄公一拳重重地击在案桌上，怒道："这是邪教的一贯伎俩！"言毕，狄公自知失态，稳定了一下情绪，平静地说道，"我们必须立即采取措施，遏制这些邪教作乱，否则他们会遍地开花，一发不可收拾。叛乱往往就是这样起来的。"

"大人，我们在那儿已和他们交过手，"乔泰说道，"发现他们暗自携带兵器，就连忙通知附近的岗哨，调遣了百余名士兵围捕这些暴徒。稍后，我和马兄会去衙门审问捕获的收尸人。"

"大人，卢医生当时也在场。"马荣补充道，"他似乎和这些收尸人私交甚好。但是混战开始时，他却不见了。所以，我还不能确定他是否和他们有染。"

"你们审讯犯人时，可以顺便把卢医生的事弄清楚。"狄公交代道，"待你们审讯一结束，就尽快向我报告。现在，将袁氏父女带进来。"

马荣得令，立刻传唤袁氏父女。狄公示意乔泰、马荣二人留下，两人随即拿过两条凳子，在狄公案桌边坐下。

袁氏父女进了厅堂，袁老头先双膝跪下，嫣红也学样跪下。

"你们可以起身了！"狄公说道。袁老头颤颤巍巍地直起身子，双手垂在两边，面无表情地杵在那儿，一双眼睛警惕地看着狄公。而嫣红则低垂着脑袋，神情紧张，纤细的双手不停地摆弄着丝绸腰带。狄公注意到嫣红的右耳垂上贴着一小块膏药。

"你就是嫣红？"狄公问道。

嫣红点点头，并不搭话。

狄公又问袁老头："通常孪生姊妹的名字都很相似，袁老爹，为何你不按常规给她们起名？”

“回大人，起先，内人给她俩起名叫蓝宝石和红宝石。十三年前，有个叫蓝宝石的妓女在老城一妓院神秘失踪，我们觉得这名字不吉利，于是给她俩改名叫白蓝和嫣红，都是宝石的颜色。”

“原来如此。”狄公说着，从抽屉中取出一枚镶着红宝石的耳环放到案桌上，问道：

“嫣红姑娘，你是如何丢失了这耳环的？”

嫣红抬起头，目光落在小饰物上，粉色的脸颊顿时变得刷白。

“好吧，”狄公冷冷地说道，“你先去外间等候。陶干，你带嫣红姑娘去外间。”

待陶干将嫣红带走后，狄公手抚长须，仔细打量着袁老头，然后问道：“六年前，叶侯爷曾鞭挞一女仆致死，你与那女仆是何关系？”

“她正是小人的内人。”袁老头平静地回道。

“她是如何成为叶府女仆的？”

“因为小人欠了何鹏的钱，无法偿还。”

狄公抬眼问道：“你说何鹏？”

“是的，大人。家父生前是何府的管家，薪水不高，家里人口又多，每月入不敷出。真是人穷志短，他偷了金匠店的银两。事情败露后，何鹏替我爹偿还了店主的钱款，还给了人家封口钱。我爹自然是感恩戴德，发誓要加倍奉还，于是更加卖力地为何府当差，按月从薪水中扣除借款。不想，一个月后，我爹就撒手人寰了。所谓父债子还，再加上父亲的丧葬费，小人穷途末路，何鹏建议内人去他府中帮佣，薪水用来抵债。何鹏是老东家，对内人不薄。不想，一日叶侯爷来何府做客，见着了内人，要何鹏把内人转让给他。于是，小人的内人又成了叶侯爷的女佣。”

“那你为何不反对呢?”狄公严厉地问道，“转卖奴仆是违反律令的。”

“大人，小人能怎么办?”袁老头哀叹道，“何鹏是小人的老东家，有恩于袁家，况且还保全了家父的名声。”

“那叶奎琳鞭挞你妻子致死，手段如此恶劣，你为何不报官?”

“小人，一介草民，叶奎琳是世家大族之后，想要告倒他，谈何容易?!”袁老头嘲笑道，“大人，你们高高在上，如何知道百姓的疾苦，我们根本无处说理讨公道。”

“本官一直都在倾听民声。”狄公冷冷地说道，“徇私枉法、滥用职权都当严惩不贷。但是，如果老百姓不报官，我们就不能办案。衙门前不是有鸣冤鼓吗?每个有冤屈的百姓都可击鼓报案，这是他们的权利，也是他们的义务。袁老爹，公道自在人心。两千年来，天理公道自在人心。”

“小人自幼生长在贫民区，孤陋寡闻，不明事理。”袁老头神情黯然地说道。

“六年前倘若你报了官，你妻子的冤情早就可以真相大白了。”狄公平静地说道，“你也不必处心积虑地设计皮影戏，更不用让你年轻的女儿牵连其中，冒如此大的风险与恶棍周旋。”

袁老头沉默不语。狄公继续道：“作为皮影戏艺人，你以为可以像控制人偶一样地操控旁人。你摸透何鹏和叶奎琳的脾性，知道何鹏脾气暴躁、叶奎琳好色贪婪，你便利用你女儿挑起两人的矛盾，好收渔翁之利。不管两人谁杀了谁，你都可为你妻子报仇。为达此目的，你不惜牺牲你女儿的清白，让她在那两个恶棍前跳裸舞，你就不怕她被侵犯?!”

“大人，嫣红不怕冒险，她深爱她的娘，只要能为她娘报仇，她会不惜一切代价。她非常赞同我的计划，因为这样可以替她娘报仇。至于裸舞，它本身也是一种艺术，不会让舞者有失身份，再说，每次去叶府都由五福客栈的掌柜陪同，驼背掌柜敲得一手好鼓。”

“我见过那掌柜!”马荣愤愤地说道，“一个驼子，你怎可将女儿托付给他?”

“马军爷，那驼背掌柜可是京城有名的飞刀高手，”袁老头正色道，“而且他为人仗义，无所畏惧。叶奎琳深信嫣红是个妓女，便将驼背掌柜当作了皮条客。事实上，叶奎琳三番五次与掌柜商讨过嫣红的身价，欲买了过去，好为所欲为，掌柜都挡了回去。”

“你的另一个女儿白蓝姑娘是否知道你的计划?”狄公问道。

“大人，千万不能让她知道!”袁老头吓得叫了起来，“小人一直告诉她，她娘是在叶府帮佣时不小心失足掉进深井里死的。如果让白蓝知道了真相，她定会亲手了结了叶奎琳。大人，我女儿白蓝是个直肠子，脾气火暴，又很固执。若她想好了要做什么事，即使是我，也阻止不了。她不像嫣红，性格温顺，平素就爱唱歌跳舞。”袁老头无奈地摇了摇头，“一切按计划行事，非常顺利，哪知，昨晚嫣红竟然独自去了叶府，竟未让我知道，她……”

“接下来的事，本官想听她自己说。”狄公打断他道，“陶干，把嫣红姑娘带进来。”

嫣红姑娘在狄公面前站定。狄公说道：“嫣红姑娘，方才你父亲已经说了为你母亲报仇的全部计划。现在，我想知道昨晚到底发生了什么事，你须如实相告。”

嫣红怯生生地看了一眼狄公，柔声说道：

“大人，昨日晌午，我与姐姐去了市集，想买些蔬菜。忽然，有人从后面拉我的衣袖，我回头一看，是叶侯爷。我当时十分害怕，他却笑眯眯地对我说：‘近来可好，嫣红？这是你的孪生姐姐白蓝姑娘吧？那个出了名的杂耍女孩。你可知道，当年你父亲在我朋友何鹏府上当差，我和你爹很熟的。’我不知道他是如何识破了我的身份，当时我吓坏了，不知所措，只对他微微道了一个万福，姐姐也一样行了礼。然后我们闲聊了一会儿。叶奎琳说，他想单独约我，聊一些旧事。姐姐不知情，说要去别处转转。待姐姐一离开，叶奎琳马上变了嘴脸，开始辱骂我，说我去他府上时，他的一个老仆认出了我，说我是袁老头的女儿。他恶狠狠地说：‘你爹一直是个诡计多端的骗子。’还说要和何鹏商议把我爹抓去，将他折磨至死。我求他高抬贵手。他说：‘好吧，我可以饶了你爹，条件是，你今晚单独来我府上，为我跳最后一次舞。’”

嫣红越说越激动，双颊泛红。她抬眼看了看狄公，温顺地继续说道：

“大人，我知道叶奎琳让我去跳舞是不怀好意的，但事关我爹生死，我必须答应。我随便编了一个故事搪塞我姐姐。晚上，我和爹说要去见一个女伴，他也没多问。我随身带着月琴前往叶府，思量着先弹唱几首小曲拖延时间。我按照约定时间到了叶府，是叶奎琳亲自为我开的门。他当时心情很好，一路和我闲聊，将我领到廊房的更衣间。他笑着说，他不想听小曲，只想看我跳最后一次舞，让我不要害怕。

“待我脱好衣服从更衣间出来，叶奎琳已坐在桌边，原先安置在墙边的卧榻，已被他挪至窗台边。显然，他是想让我在卧榻上跳舞，好让对岸的何鹏看见，要故意奚落何鹏。果然，他指了指卧榻，让我上去跳舞。

“我踏上卧榻，但是没有鼓声伴奏，我不知如何开始。叶奎琳坐在那儿只顾吃蜜汁生姜，任我尴尬地站在那儿。突然，他笑着说：‘过来吃些生姜吧，味道很不错的。’

“待我来到桌边，他突然跳起，左手一把抓住我的头发，动作野蛮、粗鲁，我的一个耳环就是在那时被拽下来的。他取出藏在身后的鞭子，用最下流的话辱骂我，叫喊着要像弄死我娘一样在同一卧榻弄死我。他松开我的头发，用鞭子抽打我的前胸。我站立不稳跌倒在卧榻上，用手护住脸，十分害怕。突然，他的咆哮声停止了，我透过手指缝看见叶奎琳侧身转向窗户，一个黑影出现在竹帘后面。

“我飞快起身，趁机跑回更衣室，抓起衣服和月琴就逃。我胡乱穿好衣服下了楼梯，沿着甬道一路跑到前院，恰巧没人看见，于是我便自己打开小门逃了出来。”

说到此处，嫣红长长地舒了一口气。马荣递了一杯茶给她，她摇了摇头，继续说道：

“我漫无目的地在空荡荡的街上乱走，试图弄清楚刚发生的事。显然，何鹏一直在偷窥叶奎琳，当他见我赤身裸体地站在卧榻上，一时性起，便从运河对岸游了过来，爬上了窗台。然后，叶奎琳必定告诉了他我的真实身份，两人就此冰释前嫌，意图合谋害我们全家。想到此处，我又一阵恐慌，想唱一段儿小曲儿压压惊。不想，就在此时，两个可恶的收尸人缠住了我，接着又来了个医生……这是我经历过的最恐怖的夜晚。”

不知不觉，嫣红的双眼盈满泪水。她快速地擦拭了一下眼睛，继续道：

“幸亏那时姐姐不在家，我爹也未责怪我。但是，他说我们必须尽快离开京城，怕何鹏和叶奎琳报复我们。当我们听说叶奎琳被人杀死时……”

嫣红的声音越来越轻。她羞涩地看了一眼狄公。狄公正抚着胡须，靠在椅背上。

“多谢嫣红姑娘告知详情。”狄公说道，“的确是一段可怕的经历。好在你很年轻，也很勇敢。年轻人容易忘却不愉快的经历，上了年纪的人就没这么幸运了，他们不会轻易忘却旧事。”

嫣红在叶府的恐怖经历（高罗佩　绘）

狄公转向袁老头，温和地问道："为何你要将你妻子惨死的那一幕，放入你的皮影戏里？"

"就为了记住杀妻之恨，大人。"袁老头不假思索地答道。

他目光转向别处，原先那张表情丰富的脸，突然变得异常凝重。袁老头局促不安地继续说道："小人有时候会有些……有些顾虑，对一些事，有些老观念，小人以为叶侯爷这种出身的人，这种大族的后代，有绝对的权力，所以有时觉得非常沮丧……"他看了一眼狄公，满怀歉意地说道，"恐怕，小人也是受那些皮影戏的影响。直到小人在客栈遇见了马军爷，小人突然觉得，得重新看待这个事情，小人得把事情说出来。"

袁老头摇了摇头，语气又坚定起来："不管怎样，小人的计划还是成功了。叶、何二人一定发生了大的争执，最后何鹏杀了叶奎琳。小人听说，你们已经拘捕了何鹏。事已至此，小人明白，小人得为自己的所作所为负责，任凭大人发落。"

狄公盯着袁老头那张憔悴的脸看了好一会儿。忽然，他向嫣红问道：

"嫣红姑娘，你为叶奎琳跳舞，他可曾付过你银两？"

"不曾，有几次他提过要付银两，但是，驼背王掌柜总是推托，说是日后一起结算。"

狄公说道："如此说来，你父女二人亦无甚罪过。袁老头，你试图为自己讨回公道，是你的不对，但也未到犯法的程度。再说，叶、何之间，除了为你女儿争风吃醋外，谁知道他们是否还有其他过节？至于嫣红姑娘，在叶府献舞，即使是裸舞，因分文未取，也未触及法令。嫣红姑娘，过来将这耳环拿回去吧，上面的红宝石颜色正与你的名字相称。”

袁老头还想说什么，狄公抬手打断道：“叶奎琳是乱世遗留的卑鄙小人。”既而又严肃地说道：“但是，杀死他的人，虽然是为民除害，若不是出于正当防卫的话，亦难辞其咎，此所谓公正。如果人人自行讨取公道，王法律令还有何用？恐怕邻里关系也会变得岌岌可危。本官拘捕何鹏，并无他意，是因为他意欲对令爱白蓝姑娘图谋不轨……”

“何鹏意欲侵犯白蓝？”袁老头大叫道，“什么时候……”

“你最好亲自问她。”狄公道。

“这死丫头什么都不告诉我！”袁老头愤懑地说道。

“无论怎样，”狄公继续道，“意欲奸污女子就是死罪，因此，何鹏难逃人头落地。你可以回去转告令爱白蓝姑娘，让她放宽心。好了，你们可以退下了。”

袁氏父女再次叩头谢恩。狄公抬手让两人起身，说道：“如你们真想谢恩，就回去告诉那些生活在老城的老百姓，当今王朝，无论富贵贫贱，律法面前人人平等。哪怕是现在，瘟疫肆虐的非常时期，每天都有几百人死于瘟疫，但是只要有一个人死于非命，官府必将追查到底，严惩不贷。退下吧！”

马荣将袁氏父女送出府外，回来后笑容满面地向狄公问道：“大人，您是如何发现端倪的？”

狄公背靠太师椅，说道：“你回来陈述五福客栈的奇遇，我才知道袁老头对女仆被鞭挞至死的反应如此激烈。他定是深陷其中，满腹仇恨，才会将此事制作成皮影戏，并向你这样一个陌生人倾诉。若他知道你是官府的人，情况可能会不一样。不过，当时我没觉得袁老头与‘鞭挞的案子’有直接关系，只认为他是道听途说罢了，为的是让叶奎琳的恶行得到惩罚。他制作了皮影戏，以此寻机让官府知晓案情，如此迂回，是平民百姓申冤的常用做法。

“其次，当我询问叶府侍女桂花时，发现她处处维护何鹏。我意识到，她试图混淆是非。在叶府，她是最早发现叶奎琳尸体的，她定会查看廊房四周，寻找凶手留下的痕迹。她一定估摸出凶手是个强壮之人，再从窗台的脚印判断，便可推断是对岸柳园的何鹏潜水至此，杀死了叶奎琳。于是，她把窗台的脚印抹掉。由于太过匆忙，桂花并未发现梁柱后面带有血迹的白绢。随后，桂花把事情告诉了她的儿子，那门童。她记得儿子曾见过红宝石姑娘和那皮条客，于是她故意把凶犯往皮条客身上推，好为何鹏开脱。但是，儿子却说皮条客是小个子男人。桂花听了，定会说夜晚光线暗淡，难免看走眼，不定那皮条客就是个壮汉，因为做此行当者都是剽悍之人。因此，当军卒盘问门童时，他便按他母亲的思路提供了证词。其实，男孩自己也不能确定自己所说无误。还有，那男孩害怕给自己仰慕的红宝石姑娘添麻烦。所以，我询问那男孩时，他十分紧张。我去柳园见何鹏时，何鹏却说皮条客是个耸着肩膀的老头，这些都令我起疑。

“后来，我梳理了所有这些看似毫不相干，甚至自相矛盾的线索，案情逐渐明朗。奉命调查‘红宝石’和皮条客的人说，根本没有名叫‘红宝石’的妓女，她是假冒的，为的是故意在叶何之间拨弄是非。袁老头正好有一个能歌善舞的女儿嫣红，我曾在露台听过她的歌声。叶府的门童说，‘红宝石’的歌声甜美动听。‘红宝石’和嫣红名字相仿，我便推断她们是同一个人。倘若要杜撰一个假名，人们都喜欢取个和真名有渊源的名字，怕丢了身份。于是，我得出结论，那被鞭挞至死的侍女一定是袁老头的近亲。为了复仇，袁老头精心策划，让女儿嫣红参与其中。现如今，京城遭灾，在此非常时期，倒是实施复仇计划的绝好时机：叶奎琳几乎遣散了所有的下人，妓院又都拒绝派遣歌姬上门。袁老头的问题出在他以为他能掌控一切。”狄公淡淡一笑，继续道，“虽然，他是最不该被责备的！天知道，我偶尔也会犯同样的错误！好了，咱们再喝一杯茶就该去梅府参加梅亮的葬礼了。”

“大人若允许，”马荣道，“我和乔泰就此别过，去衙门处理围捕收尸人的事。”

“无论如何，先找人通知方先生，让他不必再查寻‘红宝石’和她的同伴了，否则，那些邀赏的人会对袁氏父女不利。陶干，你随我去梅府。”

十七

“我觉得梅夫人举止端庄优雅，是个贤良淑德的妇人，她是否真做过歌姬?”陶干小心翼翼地问道。

狄公没有言语。暮色降临，两人坐在梅府西面露台的栏杆边，俯瞰楼下的花园。纵横交错的花园小路一直延伸至青苔覆盖的后墙，满园花团锦簇，树木繁茂，相映生辉；越过院墙，隐约可看见老城的楼阙塔尖，好似一幅夜色苍茫的画卷。

露台后面的厅堂里，不时传来和尚们单调的诵经声。梅亮的棺木安置在厅堂中央，和尚们坐在棺木前，手持木鱼，念念有词。梅亮的侄子正在接待前来凭吊的宾客，他们多数是受过梅亮恩惠的人，零星也有几个官宦名流。此时，梅夫人谦恭、哀婉地静立在后面。她白衣素缟，越发显得清瘦高挑。厅堂的椽柱上，垂下许多白绸条幅，上面写着赞美死者美德的大字。狄公亲自拈了一炷香，插在供台的青铜香炉内，以示对死者的哀悼。狄公在灵堂没待多久，便与陶干来到露台上，只因灵堂中香烟缭绕，让人头昏脑涨。露台上的空气虽也闷热，但从嘈杂的厅内来到此处，顿时会觉得安宁、舒适。

“真不可思议啊!”狄公突然感叹道，“半月前，我还和梅员外坐在这露台上喝茶聊天。他告诉我说，这园子是他亲自设计的。他是个多才多艺的人。你看那边，翠绿婀娜的竹子与青苔绿石正好交相掩映，极具诗情画意。”狄公抬头望向那片杏树林，雪白的杏花，花团锦簇，吐露芬芳。他继续说道：“这花团锦簇的景象，与当下满是死亡气息的京城真是不相称。”狄公叹了口气，手捋长须道，“陶干，你刚才提到梅夫人，是的，她的确是个与众不同的女子。不知她日后有何打算？我曾建议她搬离此地，去山里的别墅居住。”

“大人，我听说，她已决定移居他乡。梅亮的侄儿已带了些下人来，他们正在为梅夫人收拾细软。”

“梅亮财力雄厚，附近各地都置有房产，梅夫人可随意选一处居住。”狄公沉思片刻，又道，“我一直想去看看梅员外出事的地方。今天既然在此，我们不妨也去看看，再说梅夫人即将离开此地，事不宜迟。现在，吊唁的宾客应该都散了吧……”突然，狄公抓住陶干的胳膊，叫道：“看啊!”

只见杏树上几朵白色的花缓缓飘下，落在露台栏杆上。狄公起身，指着落花，兴奋地说道：

“看来要变天了！”

陶干眯着眼，望向天空。

“是的，大人，天上有块大的乌云，正在移动！”

“但愿天公作美，能降甘霖！”狄公说道，“走，我们现在去找梅府管家。”

狄公、陶干二人行至前厅，一些宾客仍旧三五一群地站在一起低声交谈。狄公见管家在门边徘徊，就径直走了过去，令他带路去东厢房。

老管家领二人穿过一条长廊，来到一处极高大的厅堂。厅堂中央有大理石扶梯通向二楼，二楼的走廊有一排精雕细刻的红漆栏杆。厅堂的穹形屋顶由两根粗大的横梁支撑着，横梁下方悬着大红灯笼，将整个大厅照得通亮。大理石扶梯是古式的，十分陡直，两边的扶手相对较矮，只有二尺高，间隔的扶手柱子顶端，雕的是莲花苞蕾图案。扶梯两边的白灰墙面上悬挂着锦缎帛画，描绘的是神话传说故事。厅堂的另一边有一个月牙形门洞，精致的格栅门掩着一层薄薄的白绸帷幔，门边一张高高的乌木壁桌上有一个花瓶作为摆设。

老管家指着楼梯底左侧，说道：“大人，我们就是在这里发现老爷的。”

狄公抬头看了看白色大理石扶梯，点头道：“这楼梯的确很陡，梅员外的书房应该在楼上吧？”

“是的，大人，老爷的书房是二楼最大的一间，正对楼梯口那间。其他屋子都比较小，主要用于堆放杂物。”

狄公伸长脖子，饶有兴趣地看着厅堂内悬着的大灯笼，但见灯笼两边写着“富贵”与“吉祥”。

“你是怎样点亮这灯笼的?”狄公好奇地问道。

“哦，这个不难，大人！每晚戌时，在二楼走廊上，小人用一根带弯钩的竹竿把灯笼钩过来，换置新的蜡烛。小人用的是庙里的大蜡烛，可以点过子夜时分。”

陶干用细长的手指摩挲着扶梯柱子的顶端，感叹道：“即使梅员外的脑袋不是撞上这柱子顶，单从如此高且陡直的楼梯上摔下来，脑袋碰到任何一级台阶，或是这大理石地板上，都性命难保。”

狄公点头称是，再看月牙形门上的横匾，上书“雅闲斋”三字。狄公称赞道：“好书法!”

“这是先夫亲笔所书。”一个轻柔的声音从狄公背后传来，梅夫人不知何时来到了大厅，卢医生陪在身旁。卢医生见到狄公，忙鞠躬施礼。

“这楼梯实在太陡了，夫人。”狄公说道，“扶手又矮，万一踩空，连扶手都抓不到。”

“只怕扶手再高点，也救不了梅员外，大人。”卢医生说道，“下楼前，他一定突发中风，很可能在他撞到扶梯柱子前就已经咽气了。”

狄公并不理会卢医生。他转身对梅夫人说道：“夫人，能否去看一眼梅员外的书房？梅员外是本官非常敬重的朋友，很想瞻

狄公梅府勘案（高罗佩　绘）

仰一下他曾看书写字的地方。”

狄公的请求极其谦恭，但是陶干看到，狄公眼中闪过一抹狡黠。他思忖着刚才的情形，是什么让狄公起了疑心?

“当然可以，大人!”梅夫人说着，示意老管家带他们上楼。老管家走在前面。当踏上二楼走廊时，他提醒狄公道：“大人，请小心！这儿有些蜡烛油，我家老爷的蜡烛就掉在此处。”老管家胆怯地看了一眼跟在狄公身后的梅夫人，又道，“我本应当弄干净的，不想，这几日小人身体有恙……”

老管家摇了摇头，将两扇房门打开，领着狄公和陶干进入一个极大的屋子，大厅红灯笼的光亮映入此处已是非常黯淡。狄公看见古色古香的巨大的乌木书柜靠着左右两面墙壁，后墙边放着一张宽大的乌木卧榻，铺着一张厚草席，摆着一个白绸方枕。卧榻上方，挂着一张《仙居图》，因为年代久远，显得灰暗陈旧。

屋子中央铺着一块厚实的宝蓝色地毯，狄公走向地毯中央的雕花乌木书桌，书桌后面是一张乌木椅子，狄公拉开椅子坐下，面朝房门，椅子的左边有一圆形落地灯笼。书桌上有一本摊开的书，狄公拿起书却无法看清书本内容，因为房内光线太暗。

“把灯笼点亮。”狄公对管家吩咐道。

老管家点亮了灯笼，狄公草草翻阅桌上那本书，对倚门而立的梅夫人、卢医生说道：“梅员外一直以天下为己任，就在意外发生前最后一刻还在翻阅医书，试图查找对付瘟疫的良方，真是可敬!”

狄公俯身探向书桌，细细观赏每件文房四宝以及小摆设。他拿起一方半寸厚的椭圆形砚台，啧啧称赞其精心雕刻的葡萄纹边缘和良好的质地，并用手指轻抚砚台表面，砚台十分干净，并没有墨汁。砚台旁边有一支新的毛笔、一方翠玉镇纸、一个白瓷水罐。狄公貌似随意，身后的陶干却知道，狄公在寻找线索。纵然陶干仔细观察着狄公的一举一动，也不知道狄公在搜寻何物。

狄公从乌木椅上起身，最后环视一遍书房，赞叹道："这里的每件物品都散发出古朴、典雅的气息。"陶干深知狄公的办案习惯，从狄公的举动中，他清楚地知道，狄公并未在书房中找到所期待的线索。

一行人下了大理石楼梯，又来到一层大厅。梅夫人客气说道："大人，我家侄儿备了茶品小点，正在前厅等候。请恕小女子在此告退了，我……"

狄公似乎未听见梅夫人说话。他指着月牙形门洞，问老管家："那个房间是做何用的？"

"回大人，这是梅府最好的客房，是用来招待老爷的旧友的。事实上，现在已闲置，很少用它。此客房虽然不大，但是私密性极好，有一扇门可以直通边门小花园，花园中又有一扇小门通往大街，客人可以随意进出。"

"带我去看看。"狄公厉声说道。

"大人，此屋已多日无人居住，十分脏乱，府中下人又……"梅夫人在一旁阻拦道。

狄公并不理会，径直走向月牙门，推开了精巧的格子门。狄公伫立门槛处，双手拢袖，向里细细打量。只见左边靠墙处，设有一张极大的床，精雕细刻的乌木床架几乎碰到屋梁，蓝色的丝绒床幔直垂到白色的大理石地板上。大床的左侧有一个衣架，右侧是一个盥洗台，台上安置了一个铜脸盆。右边靠墙处，靠近门的地方，有一张极其宽大的梳妆台。狄公径直向梳妆台走去，陶干紧随其后。

梳妆台上有一面发亮的银镜，架在黑色的支架上。狄公匆匆一瞥，倒是梳妆台上瓶瓶罐罐的脂粉引起了狄公的兴趣。他逐一打开瓷瓶、瓷罐，仔细检查其中的胭脂花粉。此刻，梅夫人和卢医生也进了屋子，站在大床边，茫然地看着狄公的一举一动。狄公并不理会他们，注意力集中在镜子边的一个描眉盒上：一个五寸见方、二寸多厚的砚台，一支细毛眉笔，一小块墨，一个盛水的小银罐。墨台上残留有厚厚的墨渍，眉笔的尖端也沾着黑墨。

狄公转身走到床边，掀起蓝色床幔，只见一条白色丝绸薄被皱巴巴地横在草席上，红色的绣花枕头歪在大床角落，床上有一股陈旧的胭脂粉味。

梅夫人见状，忙唤站在门外的老管家进来。

“立刻叫下人把这间屋子打扫干净，通通风!”她恼怒地吩咐道。

老管家应声，急忙走进屋来。

“大人，这儿有何不妥?” 看着狄公，他吃惊地问道。

狄公放下床幔之际，突然愣了一下，眼睛直视地面。他俯下身，拎起床幔的左下角，仔细查看狮子脚爪状的床脚和附近的大理石地板。狄公直起身子，直接招呼陶干过去：“你看看这大理石地板上的污渍是何物?”

陶干蹲下身子，食指沾了些唾沫，在污渍上擦拭了一下，起身说道：“大人，是墨汁的痕迹。墨汁虽被擦干净了，但已渗入大理石，留下了痕迹，不易擦掉，除非用沙子慢慢细磨。”

狄公拽着柔滑的床幔细细检查，又将床幔翻转过来，缓缓点着头，递给陶干看，那是一摊褐色的血迹。

狄公放下床幔，注视着梅夫人，冷冷地说道：“夫人，你夫君是死在这间屋子的，是被谋杀的。”

梅夫人的脸色顿时变得刷白，不自觉地退了几步，向卢医生靠近，后者此时像泥菩萨般一动不动。

“是的，梅员外是被谋杀的。”狄公重复道，“他先是被梳妆台上的那方砚台击中头部，然后跌倒在地，脑袋就在这床脚边。当时的大理石地板应沾满了血迹和墨汁。那方砚台曾研过墨，墨迹未干就被当作凶器使用，所以会有墨汁溅出。凶手当时虽然将血迹、墨汁都抹去了，但是墨汁的痕迹还在。而且，床幔的边角也沾有血迹，只因是在绸缎的背面，所以未被人发现。”狄公转向卢医生，又道：“我记得当时验尸时，梅员外的面颊上留有墨迹，如此就解释得通了，卢医生。”

梅夫人静立一旁，瞪大眼睛，用怀疑的目光盯着狄公，很是诧异。卢医生紧张地说道：“大人，您所提及的情形，在下也可以想出其他的解释，但您是探案高手，善于逻辑推理，相信您不至于凭如此琐细的证据，就草率怀疑梅夫人吧?”

狄公轻蔑地看了卢医生一眼，平静地说道：“本官当然不会草率地下定论。这儿的证据只是一部分。最重要的一点是，对于梅员外的死亡时间，你和梅夫人都向本官撒了谎。你说，大约在亥时过半的时候梅夫人在楼梯下发现了她丈夫的尸体，那么梅员外必在这之前跌落楼梯。但是，为何梅员外离开书房下楼时，要带蜡烛呢？当时的厅堂和走廊应该还很明亮，因为厅堂中的红灯笼一直要到子夜时分才会熄灭。”

听闻此言，梅夫人与卢医生目瞪口呆地看着狄公，惊恐万分。狄公双臂抱在胸前，厉声道：“梅夫人、卢医生，作为谋杀梅员外的疑凶，本官要拘捕你二人。陶干，备轿回府！”

十八

半个时辰后，狄公要升堂夜审。此刻，陶干在府邸帮狄公换官袍。递上官帽后，他对狄公说道："大人，那卢医生，我一直看不惯他。"

"我亦是如此。"狄公说着，对着黑漆帽箱上的镜子，整了整官帽。

"大人，您去梅亮书房是为了找凶器吧？"陶干问道。

狄公转过身来，说道："我去梅亮书房，是为了确认他死前是否用过笔墨。我一直在思索，梅亮脸颊上的墨点来自何处？你曾向我提过，可能是他在研磨写字时不小心溅到脸上的。但是，我去书房查看时，发现梅亮出事前只是在读医书，书桌上的笔墨砚台十分干净，未曾用过。由此我便确定，另有一方大而重的砚台砸了他的脑袋，且此砚台刚刚被用过，残留有墨汁。结果，我在楼下的客房找到了这方砚台。”狄公望向窗外，郁闷地说道，“天气终究没有任何的变化。”

“大人，您是何时开始怀疑梅员外是被谋杀的？”陶干热切地问道。

狄公双臂抱在胸前，答道：

“当老管家说厅堂里的大红灯笼能点过子夜时，我就觉得事有蹊跷。再说，一起偶然的事故，怎会有如此周全的证据？你想，梅员外所持的蜡烛跌落在二楼楼梯口，他的便鞋又横在楼梯中间，扶手柱子端沾着血迹，梅员外的脑袋又正好倒在柱子边上，一切都合情合理，似乎是被一步步设计好了的。还有，梅夫人早年做过歌姬的经历、梅员外年长夫人很多，这些很容易让人联想到老夫少妻、红杏出墙、谋害亲夫的老套故事。我之所以未曾怀疑梅夫人，是因为梅员外的品行。一个如此德高望重、品学兼优之人，他娶的妻子必是贤良淑德的。不幸的是，我竟然想错了。”

“楼下的客房真是幽会的好去处。”陶干说道。

“当老管家说客房有一扇门与花园和大街相通时，我便执意要去房内看看。的确，在客房我找到了所需的物证。梅夫人当时说客房久无人住，但我发现，梳妆台最近被人用过，是一个女人，因为胭脂盒盖上留有手印，描眉的工具也被用过。客房的大床凌乱不堪，显然有人睡过。床幔和地上的污迹最终让真相大

狄公提审卢医生（高罗佩　绘）

白。事发当晚，梅员外的突然出现，定让偷情的男女惊慌失措。情急之下，一人抓起砚台，猛击梅员外的头部，另一人在旁相帮。随后，两人将尸体拖至厅堂，摆放在楼梯口。当时的厅堂一片漆黑，他们错以为梅员外是拿着蜡烛下楼的。”

狄公停顿片刻，狡黠地看了陶干一眼，继续道：“陶干，将罪行掩盖得天衣无缝，是许多罪犯容易犯的错误。他们增添一些线索，试图误导探案者，反而会弄巧成拙，露出破绽。这起案子里的蜡烛、便鞋、柱子上的血迹都是画蛇添足之物。我们勘查现场时，陶干你曾说过，梅员外年事已高，从如此陡直的楼梯上摔下，无论如何都要毙命。任何人在楼梯脚下发现他的尸体，见他脑壳破裂，都会相信是一场意外。一些多余的证据只会让人生疑。”

狄公若有所思地点点头，说道：“其实，卢医生犯了两次画蛇添足的错误。为了叶夫人自杀一事，我曾去叶府勘查。我留卢医生单独问话，询问梅夫人的身世。那时，方先生已明确告诉我，梅夫人曾是青楼女子。我这般询问卢医生，无非想打探更多他与梅夫人之间的关系，因为当时我对梅员外失足一事已有所怀疑。倘若卢医生回答我说‘什么都不知道’，我或许就不再追究了。然而，卢医生竭力否认梅夫人的青楼出身，还编造了一个荒诞不经的故事，说梅夫人出身名门，是违背父命私自嫁给了梅亮。由此我断定，卢医生深知梅夫人的底细。卢医生故意在我面前编造谎话，无非想维护梅夫人，使我们不疑心梅夫人有通奸之罪。卢医生对梅夫人的刻意赞美反而令我生疑，于是，我开始……”

突然，门被用力推开，马荣冲了进来。

“大人，白蓝姑娘在一楼偏厅等候，她有要事求见大人。”

狄公看了一眼神情激动的马荣，平和地说道：“我也很想见见白蓝姑娘。可是，已经没有时间了，我们马上要提审梅、卢二人。乔泰已在公堂等候多时了。”

“大人，白蓝姑娘说事关重要！”马荣还想争取。

“还请她耐心等候。我们动身吧！”

狄公下楼，马荣、陶干紧随其后，途经一楼偏厅时，马荣溜了进去。

狄公和陶干在大门口正准备上轿，马荣急匆匆地跑了出来，垂头丧气地说道：“大人，我已告诉白蓝姑娘，让她耐心等候。她似乎很生气，可又不愿告诉我有何急事。”

“她是个很有主见的女子。”狄公边说，边上了轿子。三人在轿中坐定，狄公问道：

“马荣，那些收尸人情况如何？”

马荣拍了一下脑袋，懊恼地说道：“我差点忘了向您禀报了，大人！一切进展顺利。我们总共抓捕了六十名收尸人，其中只有两名头目，一人曾是强盗首领，另一人是变节的道士。他们打着神教的旗号，计划组织百姓叛乱，对抗朝廷。他们企图控制老城，大肆抢劫，然后携带掠夺之物，离开京城。那两个谋反的头目，今晚会被问斩，其他人经过严厉的训诫后已被遣散，相信这段时间也不敢再造次了。令人遗憾的是，大人，卢医生并未参与谋反之事。大人，您猜他为何与收尸人混在一处？只因为这伙人可以及时通知他‘收到了瘟疫症状的尸体’？我实在看不透这个混蛋！”

“一个时辰前，我已下令拘捕了卢医生。”狄公说道。随后，他向马荣细述了在梅府的发现。言毕，狄公焦虑地仰望天空，不确定地摇了摇头，说道：

“我仍然觉得云雾在飘，空气也比正午时要湿润些。我始终抱有希望，相信天会下雨。”

一行人很快行至衙门前，下了轿。按照当朝律令，非常时期，京城中所有案犯皆在此地堂审。衙门前一队全副武装的军卒把守大门，一名差役将狄公领入后厅稍事休息，已在衙门等候的乔泰迎上前来。

乔泰请狄公在茶几旁落座，随后让负责提审的官吏来介绍情况。狄公一边饮茶，一边聆听官吏的介绍。约莫子时，乔泰和马荣在前，引着狄公和陶干前往公堂。

公堂上，火把通明，后墙的兵器架上放置着一排长矛、钩戟、大刀，前面是个平台，上有一张铺有猩红桌帷的公案。两队军卒侍立左右，拔剑出鞘。公堂角落处，两名书吏各占一角，坐在桌边，桌上摆放着笔墨纸砚，以备记录案犯供词。

乔泰走在前面，引狄公上了平台，拉开公案边的高背椅子请狄公坐下，自己则侍立在狄公右侧，马荣侍立左侧，陶干坐在公案旁边的凳子上。

乔泰传令差役升堂。差役跨前一步，高声叫道：“升堂！”

狄公将惊堂木一拍，高声道："本官奉朝廷之命，任赈灾特使，现在此升堂，审理京城富商梅亮被杀一案。先将疑犯卢医生带上堂来。"

差役得令，传唤军卒前去提拿卢医生，两名军卒随即走进公堂左侧的拱形门洞里。

狄公翻阅了公案上的卷宗，卷宗虽未填写，但为紧急之需，每页都已标号，并盖上了官府大印。若在平时，所有死刑案件须层层上报，并获得批准，最后得到皇上的准许才能执行。如今是非常时期，一切从简。不一会儿，两名军卒将卢医生押上公堂。卢医生双膝跪地，狄公说道："卢医生，你两次向本官撒谎，混淆是非。第一次，你说梅亮死于亥时；第二次，你说梅夫人非青楼出身，而是名门望族之后。如此胡言乱语，你是何居心？现本官控告你参与谋杀梅亮，你最好如实招来。"

卢医生抬起头来，脸色惨白，声音倒还镇定，说道："在下绝对没有参与谋杀梅亮，还请大人明察。在下承认，确实向您撒了谎，提供了虚假的信息。在下愚笨，不该听信梅夫人的花言巧语。虽然在下清楚，她曾当过歌姬，但在下更愿相信她是诚实的妇道人家，与丈夫相亲相爱，并且……"

狄公将惊堂木一拍，打断道："卢医生，梅亮被杀那夜究竟发生了什么，本官望你能细细道来。你曾说，事发当晚，梅亮邀你共进晚饭，梅夫人还在一旁伺候。你便从这里开始说起。"

"大人，在下告辞梅员外后，的确去了梅府老管家屋里。照料他喝完药后，在下觉得并无大碍，就直接回家了。"

"你曾说，听到梅夫人在东厢房大叫，你便赶紧赶去，诸如此类的，都是一派胡言喽?!"

"是的，大人，在下知罪。其实，在下是第二天一早去的梅府，当时是去出诊，顺道去梅府探望老管家，想看看他的病情是否好转。在下知道，他是梅府留下的唯一下人，所以心中非常牵挂。当时，是梅夫人亲自开的门，她告诉在下，说老管家已无大碍，中午就可以起床做事了。梅夫人神色慌乱，她把在下带至一个偏房，告诉在下一个可怕的事故。

"她说，前晚她将梅员外送至书房后，便去楼下客房歇息了。那儿离书房近，便于照顾老爷。午夜过后不久，她被惊醒。梅员外来到她房里，跟她说他人不舒服，睡不着。梅夫人正准备起身为他倒茶，梅员外突然双手卡住自己的脖子，气喘不止。不等梅夫人叫人帮忙，他便跌倒在地，脑袋正好撞在床脚。梅夫人俯身查看时，梅员外已经死了。"

卢医生停顿片刻，抬头望了狄公一眼，真诚地说道："大人，在下之所以相信她的话，是因为在下知道，这段时间梅员外一直超负荷的工作，他时常感到心力交瘁。接着，梅夫人又说，她担心人们知道真相后会说三道四，因为她和梅员外从未在客房歇息过。心怀叵测之人定会造谣生事，说她与情人私会时被梅员外撞见而遭遇不测。此番言语，在下亦觉得牵强，故此让梅夫人领在下去查看尸体。可是，梅夫人说，她已将尸体拖至厅堂楼梯底下。她再三央求在下，让在下帮着向仵作撒谎，说是前晚和梅员外共进晚饭后不久，梅员外不慎坠楼，她发现后立刻通知在下去帮忙。当时，在下也非常犹豫，但是，她……她是个巧舌如簧的妇人。大人，她把在下推出门外，说：‘赶快去找仵作，再耽搁下去，他定会起疑心！’”

卢医生用袖子擦了擦汗湿的脸，即使在高大宽敞的公堂，空气仍然闷热难挨。卢医生继续说道：“大人，在下痛悔不已。隐瞒案件实情，在下知道难辞其咎，现在就将所发生的一切如实相告。在下找来仵作，便假意告诉他，说头天晚上在下曾去衙门找过他。其实，在下清楚，那会儿他们都不在衙门。这段时日，他们每晚都在焚尸场。后来，在下陪仵作及其随从进入梅府厅堂。当时在下自己都吓了一跳，发现梅员外的颅骨粉碎，显然是被重物敲击所致，脑袋撞到床脚绝不会如此严重。而且，失足坠楼的现场布置得太过周密。在下当时便怀疑梅夫人一定有帮手。他们还在扶手柱子端涂抹了血迹。仵作一路勘查，在下在一旁越想越生气。直到那时，在下才恍然大悟，梅夫人所说的风言风语，说她丈夫撞破她与情夫的幽会，不是没有根据的，只是稍微与事实有些出入。在下意识到自己已深陷困境，不知不觉间成了梅案的帮凶！当时唯一可以脱身的办法，就是将实情告知仵作，并向其揭发梅夫人，说明自己被梅夫人蒙骗，但是……”卢医生突然沉默不语。

“你为何不这么做呢？”狄公问道

卢医生犹豫片刻，清了清嗓子，结结巴巴地说道：“大人，是这样的，仵作在勘查现场时，在下同梅夫人，我们……我们有过一次交谈。她将在下领到偏房，双膝下跪，恳求在下救她一命。那晚，她与情夫幽会的确被梅员外撞破。之后，他们发生了激烈的争吵。情急之下，其情夫用重物砸向了梅员外，他们原打算砸晕梅员外，好伺机逃走。当看到梅员外当场毙命，他们也被吓得魂飞魄散。他二人商量许久，才想出失足坠楼的计谋。她告诉在下说，梅员外失足坠楼而亡，没人会怀疑的，并且……”

“她情夫是谁?”狄公打断道。

“大人，她并未告诉在下，在下……”突然，卢医生跳了起来，手拍前额，大叫道，“老天爷！在下真是愚笨！她当然会指证，在下是她的情夫!”卢医生说着，双膝再次跪下，“大人，千万不要相信那妇人！她是个淫荡不堪、诡计多端之人，她……”

狄公举起手，冷冷道：“卢医生，你是个聪明人，对此，本官一点也不怀疑。书吏，将卢医生的供词宣读一遍。”

书吏抑扬顿挫地将所记录的供词念了一遍，其间偶有出入，便略加修正。之后，公堂差役将供词拿给卢医生签字画押。卢医生还欲申辩，狄公一挥手，两军卒架起他的胳膊，将他拖出公堂。

“这小人!”乔泰小声对马荣说道，“将所有罪责推到梅夫人身上，想逃脱刑责。”

狄公将惊堂木又一拍，命令道：“将嫌犯梅夫人带上堂来!”

两个军卒带来一名身着黑衣的老妇，此人乃女牢狱卒。

她向狄公禀道：“大人，囚犯梅夫人身染疾病，呕吐多次且高烧不退。小的劝她先寻医治疗，延期庭审，但她不理会小的，坚持要上堂。大人，您看如何处置?”

狄公思量片刻，烦躁地捋着胡须，说道："上堂受审无须多长时间，带她上来吧，稍后，让狱医替她诊治。"

狄公见梅夫人身着白色孝服，缓缓地步入公堂。见她身形消瘦、面色憔悴，狄公不禁暗自担忧。女狱卒欲上前搀扶，被梅夫人断然拒绝。梅夫人双膝跪倒在公案前，狄公见状，忙说道："嫌犯允许站着回话，现在……"

"是民妇谋害了自己的夫君。"梅夫人不等狄公说完，就打断了他，声音暗哑，甚是怪异。她明亮的眼睛盯着狄公，继续说道："民妇杀了他，是因为受不了这个老男人虚假的殷勤与关心。民妇当初嫁给他，是因为……"她的声音渐渐低了下去。接着，她抬起头，一对蓝宝石耳坠在火把的映照下闪闪发亮。她看向狄公上方，眼神空洞，继续道："民妇当初嫁给他，实在是生活所迫。民妇十五岁就被卖到老城的妓院。在妓院，民妇被他们又打又骂，受尽各种凌辱和折磨。这真是……"

梅夫人说着，不禁双手掩面。她停顿了片刻，声音重又悦耳。

"后来，民妇遇到一个心仪的男子，过了一段幸福的日子。然而，好景不长，那男子家道中落，无法帮民妇赎身。于是，民妇嫁给梅亮作填房。梅亮是京城富商，他帮我赎了身，让民妇过上锦衣玉食的生活，拥有了一切想拥有的……除了情义。民妇有过很多情人，他们要么愚笨不堪，要么就是贪婪无比，屡屡向民妇讨要银子，让民妇觉得生活比之前更加悲惨。梅亮发现民妇行为不轨，却一味宽恕我。他的怜悯与同情让民妇感到羞辱，比妓院里的鞭子还要让人感到羞辱。民妇将梅亮杀死后，又不得不祈求那个卑鄙的卢医生，答应他污秽的要求……民妇总想得到更多，但每回得到一些后，失去的反而更多。如今醒悟，却为时已晚了。”

一阵剧烈的咳嗽过后，她身子颤抖起来。

“民妇已厌倦了一切，”她喃喃道，“倦了……倦了……”

她摇晃了几下，愁苦地看了狄公一眼，便倒在了地上。

女狱卒见状赶忙上前，替她解开前襟。突然，女狱卒跳了起来，往后快退几步，以袖掩嘴。女狱卒惊恐地指着梅夫人，只见她的脖子与前胸上布满了斑点，显然梅夫人已染上了瘟疫。公堂差役也连忙后退几步。梅夫人躺在地上抽搐了一阵，随后便静静地躺在那里，一动不动了。

狄公不禁从座椅上起身，俯身公案，审视一会儿梅氏那张扭曲的脸，而后坐回扶椅，命差役传令军卒来处置尸体。

公堂上鸦雀无声。这时远处传来一阵隆隆的雷声，但是公堂上的人似乎都没在意。

两名蒙着口鼻的军卒拿了一张草席进入公堂，用草席将死者裹起。公堂差役向狄公禀道：“大人，军卒已去传唤收尸人，不久便到。”狄公点点头，声音疲惫地说道：

“带何鹏上堂受审。”

十九

两名军卒押着五短身材的何鹏出现在公堂的左侧门里。他身穿棕色长袍，腰系一根皮带，头戴猎人的兜帽，显然在被拘捕时正准备外出狩猎。因为还没有正式被定罪，所以他被允许穿着自己的衣服上堂。

何鹏站在门口，神情黯然地扫一眼公堂。直待军卒用肘推了推他，他才蹒跚向前。他看了一眼公堂上的草席，走到公案前。

“跪在此处！”差役命道。他用宝剑指着公案前的空地，让何鹏尽可能远地避开梅夫人的尸体。

狄公将惊堂木一拍，厉声说道：“何鹏，你被控谋杀梅亮，在梅府客房用砚台猛击梅亮头颅，致其当场毙命。你可知罪！”

马荣和乔泰疑惑地互相看了看。陶干亦坐直了身子，难以置信地看着狄公。

何鹏抬起硕大的头，黯然道：“她最终还是出卖了我！”

狄公身子微微前倾，平静地说道：“她并未出卖你。是本官昨夜造访柳园时，你自己露了马脚。”

何鹏两眼盯着狄公，正欲开口说话，狄公又继续说道：“当你讲述‘柳园图’的故事时，本官见你情绪不稳，好似在讲述自己的经历，而非你祖父的悲剧。的确是个缠绵悱恻的故事，在何家代代相传。但为何一个久远的故事，会让你如此困扰？本官当时便疑心，你可能有相似的经历，曾耗尽家财，赎出过一个青楼女子，然而这个薄情寡义的女子却另寻金主，离你而去。”

狄公顿了片刻，何鹏也不言语，浓眉下一双大眼，阴郁地盯着狄公。

“其次，”狄公继续说道，“当本官跟你说起叶奎琳被杀一事，你即刻便问起他的眼睛。近来，街头巷尾一直流传着一首歌谣，说的是梅、叶、何三大家族的最后命运。那歌谣语焉不详，但寓意深远。‘一失其床，二失其目，三失其首。’歌谣并未说明，何人是因何而死。叶奎琳被人猛击左半脸而亡，凶手行事仓促，并没有时间验证是否伤及眼睛。但你一听到死讯，即刻便提到眼睛的事。同时你还调侃自己可能会掉脑袋，这让我非常诧异。你似乎已经知道梅亮是‘失其床’。但据我们所知，他是死于失足坠楼，这点也让本官很迷惑，本官没有妄下定论，疑问却一直存在心里。”

狄公往椅背上一靠，轻抚胡须，继续说道：“后来，本官查到梅夫人曾是老城花满楼的歌姬，后被一不知名的男子赎走。不久，她又委身富商梅亮。这些事与你祖父的柳园图故事极其相似。这又令本官想起另一件事，梅夫人曾来官府拜访。当时我们奉上装有茶点的碟盘，她当时略有失态，那碟盘上刚好绘有柳园图。还有，更神奇的是，一个皮影戏人告诉本官，老城花满楼曾有一个叫蓝宝石的歌姬，她神秘地失踪了。你又告诉本官说，你祖父曾赎过一个名叫蓝宝石的女子。梅夫人对蓝宝石又情有独钟，她的饰品多镶嵌有蓝宝石。真是奇妙的巧合！但是这些事实不足以作为证据，证明你就是当年赎出‘蓝宝石’的神秘男子；‘蓝宝石’委身于梅亮后，你们仍然藕断丝连；梅亮不是死于意外，而是被你俩谋杀的。首先，本官没有确凿的证据证明梅亮是被谋害的；再者，本官不愿意相信，以梅员外的阅历与卓见，会娶妻不淑。本官之所以拘捕你，是因为你涉嫌犯下另一罪行。”

何鹏欲开口说话，却被狄公挥手制止。

“不，你只需听着，告知你这些，本官自有本官的用意。今晚，一切将要真相大白。梅员外死得极其悲惨，凶手不仅用砚台砸碎了他的脑袋，还非常残忍地殴打、脚踢他。他的身上满是瘀青，我们还错以为是他滚下楼梯所致。后来，本官才明白，为何你将梅亮之死与‘失其床’相连，你的意思是因为你与梅夫人通奸，梅亮的婚床被你所占。这也意味着，梅亮撞破你俩的奸情时，你谋害了他。如此一来，你对歌谣的解读就明朗了。梅亮既然‘失其床’而死，如果叶奎琳之死与‘失其目’有关，那么你将会‘失其首’。换言之，谋害梅亮一事败露，你必难逃法网，定将被斩首。

“还有，正因为是你将梅夫人赎出了妓院，梅亮才会对这位续弦的身世避而不谈，这不仅是他的秘密，也是你的秘密。真是一出旧族之间权势、财富、情欲之争的闹剧。这个旧世界必将很快消亡。”

狄公顿了片刻，何鹏仍紧绷着脸，一言不发。

“何鹏，本官之所以告知你这些，是为了证明，所有的这些事是本官根据发现的线索推断出来的，并非是梅夫人招供。她并没有出卖你。就在刚才，梅夫人站在公堂上，只字未提你，而是一口咬定是她自己谋害了亲夫，因为她已厌倦了梅亮。”

何鹏跨步上前，抓住公案一端，粗声问道：“她现在在哪儿?”

“她已经死了。”狄公难过地说道，“她招供后便倒地身亡，死于瘟疫。”

狄公指了指公堂一角的草席。

何鹏转过身子，睁大眼睛盯着草席。他双眉紧蹙，嘴唇微张，却终究没发出声来。此时只听见远处传来隐隐的雷声。

突然，何鹏吼了一声，如同笼中困兽，踉跄地扑向草席。公堂差役冲上前去，欲将他拦住，狄公摇头，让差役不要阻拦。何鹏掀起草席一角，露出梅夫人一条细腻柔滑的手臂，何鹏轻轻地抚摸着她的手臂，握着她苍白、纤细的小手，小心翼翼地将梅夫人手指上的蓝宝石戒指摘下，吻了吻，然后戴在自己的小指上。

何鹏踉跄扑向草席上的梅夫人（高罗佩　绘）

何鹏替梅夫人整了整衣袖，站起身来，走回公案前。他抬头看着狄公，淡淡地说道：

“大人，去刑场时，请允许我戴着这枚戒指，这枚戒指是当年我赎回她时，送给她的。”狄公点头允许。何鹏又低下头，盯着蓝宝石戒指，继续道：“她当时还是个小姑娘……一个瘦弱、胆小的女孩。她也叫‘蓝宝石’，和祖父的宠妾名字相同。‘这不是巧合。’我对她说，‘这是天意，你的到来弥补了上苍对我祖父的亏欠。’”何鹏摇摇头，又道，“才过了几年好日子，为何她要变心呢？是因为面对我，她就忘不了卑贱的过去？我不清楚。离开时，她寥寥数语：‘梅亮有钱，你却是个穷光蛋。我想要更多的东西……绫罗绸缎、金银珠宝、可使唤的下人……’这都是她说的。”

何鹏转动手指上的戒指，继续说道：

“梅亮的确让她过上了奢华的生活，但她并不幸福。她有过很多风流韵事。我知道，那是因为她不快乐，内心孤独。有一天，她派人来找我，她说她忘不了我，我是最初让她离开妓院的人。这是不是她真实的想法，我不得而知。我只知道，我再一次堕入她的情网。不久，瘟疫在京城大肆蔓延，我劝她离开，但她不肯。她说家中下人都已离开，梅亮又整天忙于放粮赈灾，正好方便我们私会。但是几天前她又说：‘不能再继续下去了，我要离开此地，这座腐朽、衰亡之城。我想在远方开始新的生活。’‘我能否和你一起？’我问道。她疲惫地回我说：‘不知道，我心里只有你，但是你总让我想起过去，我想忘却的过去。’”

何鹏陷入一阵沉默。狄公一直静静地坐在扶椅中聆听何鹏的叙述。狄公开口问道："那晚究竟发生了什么？"

何鹏抬起头，从思绪中回过神来。

"您问发生了什么？那晚，如往常一样，她让我子夜到梅府客房私会。她说，梅亮早已在楼上安歇。当时，我们并未放下床幔，梳妆台上还点着蜡烛。突然，门开了，梅亮身着便服，顶着一头蓬乱的灰发走了进来。梅氏大叫：'杀了他，我再也不想看到他。'我翻身起床，梅亮对我摇头说：'何鹏，你不用杀我，你带她远走高飞吧。她本该就是你的，当初是你帮她赎的身。'梅氏跳了起来，开始咒骂他。梅亮抬手对她说：'我知道你不快乐，与何鹏远走是你最后的机会，这可能就是你最后想要的生活。'他摇了摇头，又伪善地对梅氏说：'我真是可怜你啊！'这话立刻刺激了我，梅亮凭什么可怜宽恕她？要可怜宽恕她的人只有我。我一时愤怒，抓起梳妆台上的砚台就向他砸去。他应声倒地，我又狠狠地朝他瘦弱的身子踢去，直到她用双臂抱住我，叫我停下来。"

何鹏用手抹了一下汗涔涔的脸。

"我们俩坐在床沿沉默不语，还有什么可说的呢？最后，还是她先开口说：'我们一起离开京城吧。我们先把尸体拖到厅堂楼梯下，让人觉得他是失足坠楼的。过几天，我们一起离开。'我们将尸体拖到厅堂，做了一番布置，伪装成是个意外。然后，我便从花园的小门离开了梅府。"

四名黑袍黑兜帽的收尸人走上公堂。他们动作娴熟地用草席卷起梅氏的尸体，再裹上一块尸布。何鹏的双眼盯着他们，直到他们抬着尸体离开公堂。

狄公向两名书吏示意。书吏再一次抑扬顿挫地宣读何鹏的供词。就在堂审行将结束时，天空划过一道闪电，随后是一声震耳的雷声，粗大的雨点噼里啪啦地打在窗户的油纸上。

狄公在椅子上转过身去，欣喜地说道："终于下雨了！"

公堂差役拿过供词，放在何鹏面前，让他签字画押。狄公站起身，整了整官袍，说道：

"何鹏，本当还有一项罪名指控你，但是，你既已承认谋害了梅亮，那个乐善好施的人，此罪已足以判你极刑。本官判你立赴刑场，即刻斩首。"

狄公再次坐下，提起毛笔，快速填写案宗，盖上大印，转身递给乔泰，令他与马荣将凶犯何鹏押赴刑场，执行斩首，陶干监督执行，并起草文书上报。

两名军卒走向何鹏，但何鹏浑然不觉。他双眼盯着手指上的戒指，手里慢慢地转动着戒指，硕大的蓝宝石发出幽幽的蓝光。一名军卒拍了拍何鹏的肩膀，他转过身子，顺从地跟着军卒，佝偻着背走出公堂。

狄公道："明日清晨将会再次升堂，提审、判决卢医生。他公然做伪证，掩盖凶杀真相，有违医德，按律当判处长期监禁。退堂。"

狄公再拍惊堂木，随后起身，双手拢袖出了公堂。所有差役静立在旁，目送狄公退堂。

二十

衙门外，几名军卒在狄公的官轿上临时加了一个油布盖。狄公令轿夫起轿回府。他靠着椅背，将右手伸出轿外，感受着清凉的雨滴。

忽然间，他感到精疲力竭。他试图回忆审案经过，但脑海中的公堂，却随着摇曳的火把忽明忽暗，不真切地如同梦境。模糊的记忆盘旋萦绕，他惊恐地发现自己产生了幻觉，自己好像坐在轿子里，被人抬着四处跑，遥遥无期，无处可逃。他感到空落落的胃里一阵痉挛，头晕目眩起来。他举起双手，用力按压太阳穴，眩晕感才渐渐消失了，只留下了一阵虚脱与乏力感。狄公自问，这是连续二十多天来的身心紧张所致，还是因为上了年纪的缘故？

狄公悠闲地望向空荡潮湿的街道。黑暗寂静的屋后，散落着零星的灯火。不久后，朝廷会重返京城，京城将恢复活力，重新变得热闹、繁华。即便如此，狄公内心的沉闷还是挥之不去。

一声响亮、突兀的叫卖声让狄公猛地坐直了身体。随后，官轿前响起一阵噼里啪啦的木板敲击声。官轿上，灯笼所发出的摇曳光亮，映照出一张被雨淋湿、充满皱纹的脸。老汉手提竹篮，里面装满了挡雨用的油纸，褴褛的衣袖中，露出骨瘦如柴的手臂。

“走开！”士兵叫喊道。

“停轿！”狄公命令士兵。“我要买一张油纸。”狄公对老汉说道。近二十多天来，这是狄公在街上看见的第一个商贩。

“大人，五个铜板一张，如果您买两张，就四个铜板一张。”那老汉抬起头望着狄公，灰白的眉毛下，一双眼睛露出狡黠的光。“大人，这油纸是全京城最好的油纸，不但可以挡雨，还可遮阳。买两张吧，大人，今晚起这油纸就会涨价的！”

狄公从他篮子里拿了一张油纸，又从袖笼里掏出一小块碎银递给老汉，说道：“祝你好运！”

老汉一把拿过碎银，一溜烟地在湿漉漉的鹅卵石地上跑开了，生怕这位慷慨的大人反悔。过了一会儿，木板的敲击声再次响起。

狄公微笑着把油纸展开，盖在湿漉漉的靴子上。一股暖暖的自豪由心而发，扫走了一切焦虑和疲惫。狄公在为京城的百姓感到自豪。近一个月来，百姓们困守在陋室简棚中，饥一顿，饱一顿，担惊受怕，怕被无处不在的瘟疫感染。现如今，天降甘霖，这是一个好兆头，百姓们即刻走出家门，不屈地、满心喜悦地又开始为生计奔波，即使是几个铜板的生意也要热切地讨价还价。

回到府中，府内的士兵、差役纷纷向狄公道贺，一为破获要案，二为久旱逢甘霖。狄公一边高兴地应着，一边走上楼梯，来到四楼露台。

狄公上了露台，倚栏而立，透过蒙蒙烟雨，望见越来越多的灯光在城中闪耀。随后，他听见洪亮的钟声从佛庙里传来，是城中百姓在向菩萨谢恩。

狄公步入厅堂，脱下沉重的官袍、官帽，换上轻薄便袍，坐在案桌边，研墨备笔，准备给避居山中的大夫人写信。信中写道：

> 因公务缠身，未能及时与汝联系。今日，天降甘霖，城中瘴疠之气即将消散。相信不久之后，汝等即可返回京城，阖家团聚。府中公事进展顺利，依靠三位干将之协助，竟有出其不意之收获。
>
> 代为问候其他两位夫人与孩儿。

狄公在家书末尾署上名字。他靠坐在椅内，满心欢喜地想着家里的妻妾和孩子，觉得家书中还应附上几句私房话。伴着窗外的雨声，狄公思量着恰当的措辞，不久就进入了梦乡。

没过多久，狄公即被三名爱将的脚步声吵醒。三人处决完何鹏回到官邸，浑身透湿，疲惫不堪。陶干立刻将卷宗呈上。狄公示意三人先坐下，随即打开卷宗，快速浏览起陶干拟写的公文。何鹏是在焚尸场被斩首的，斩首之际，何鹏望着柴堆，在雨中急促地说道："我们终于可以一起离去了。"这是他最后的话。

陶干从袖笼中取出一枚蓝宝石戒指，说道："这饰物是从何鹏手上取下的。我想，它应归属于梅家吧？"

"是的。"狄公赞同道，并嘱咐陶干沏一壶浓茶。

陶干在角几边忙碌，乔泰推了推头盔，说道："大人，押何鹏到刑场的路上，属下曾问他为何杀了叶奎琳。他茫然地看着我说：'叶奎琳是个恶魔，他死有余辜。'为完善卷宗，何鹏此言是否要记录在案？"

狄公摇了摇头，平和地说道："不，此言并未有认罪之意。其实，杀死叶奎琳的另有其人。"望着三人惊愕的面容，狄公又道："那晚，何鹏并不知道嫣红和叶奎琳在一起。并且，嫣红曾说，廊房的竹帘是垂着的，所以，即便何鹏从对岸阳台望过来，也未必能看见什么。我们不能贸然断定何鹏从对岸游过来只为了窥探叶奎琳，且恰好是在叶奎琳欲杀嫣红之际爬上窗户。不可能这么凑巧。再说，何鹏虽然体格健硕，但他五短身材，而叶奎琳又比常人要高，从叶奎琳的伤口来看，凶手的身材要比叶奎琳高，或者和他相差无几。"

"但是，大人，嫣红曾说，她看见何鹏站在竹帘后面！"陶干分辩道。

“那只是她心中所想。”狄公说道，“当时，叶奎琳那个恶魔，让她赤身裸体地站在卧榻上，只是为了羞辱她，看她的窘相，并非想招惹何鹏，因为当时的廊房内只点着一根蜡烛，且竹帘是放下的。嫣红当时恐慌，并未注意到这些细节，她只模糊地看到一个偌大的身影，自然便以为是何鹏。”

“那究竟是何人杀死了叶奎琳呢？”马荣脱口问道。

狄公热切地望了他一眼，说道：“听了嫣红的叙述后，我便有一些推断，这推断与眼下的案情事实皆相符，但还未最后确认。之前，我相信事情在今晚会有进展。经过审讯之后，果不其然，案情真如我所料，怎不叫我欣喜。”狄公接过陶干端来的热茶，因太烫便搁在一边。

他向窗外望去，感叹道：“已是倾盆大雨了！”他击了两下掌，一名军卒应声而入，狄公命道：“立刻派人告诉城西守卫的将士，让他们关上运河闸门。”

随后，狄公又对三人说道：“我们再来回顾一下嫣红的说辞。她曾说，事发当天，她和姐姐白蓝在街上碰上了叶奎琳，叶奎琳把她拉到一边说话。白蓝姑娘是何等聪慧的女子，她一定看出其中有问题。嫣红为人单纯，她以为在姐姐面前可以搪塞过去。其实，白蓝早起疑心，处处留意妹妹的举动。那晚，嫣红离家外出，白蓝便悄悄一路尾随，一同到了叶府。

“白蓝见叶奎琳打开小门，将嫣红引了进去。她当时一定一筹莫展，不知如何进入叶府，因为叶府高墙垒筑，戒备森严。白蓝到底是个足智多谋的姑娘。在看过叶府地势后，她下了河岸，决定沿着河岸游至叶府廊房。她在灌木丛中脱下外衣，为防不测，她取出一枚铁丸塞进发髻，而后用绢帕包裹住头发，这样既固定住了防身暗器，又不至于将头发弄湿。”

狄公抿了一口热茶，扫了一眼马荣，继续说道：“白蓝姑娘武艺精湛，动作敏捷，身材高挑，从廊房下的柱子爬上窗台绝非难事。她爬上窗台，听到叶奎琳正叫嚷着，当年他就是这样抽死她们母亲的，今天轮到嫣红了。当白蓝透过竹帘看到叶奎琳在鞭打嫣红时，即刻拿出铁丸，掀起竹帘，跃入廊房。”

“叶奎琳听到声响，转过身来，着实吃了一惊。一个披头散发、光着身子、全身湿漉漉的女子出现在眼前，犹如阴曹地府的厉鬼。待他看清来人是嫣红的姐姐时，他更加害怕，他知道白蓝武艺高强，并非一般的弱女子，而且手中还拿着致命的凶器。叶奎琳生性暴虐，却是个懦夫，见到武艺高强之人，便手脚发软。他丢了鞭子，连喊救命。所以，陶干，你应该记得，我们查看现场时，叶奎琳的嘴巴是大张的。白蓝姑娘盛怒之下，将铁丸砸向叶奎琳，将他击倒在扶椅上。”

狄公停顿片刻，望了一眼窗外瓢泼的大雨，继续说道：“我确信，我所说的这些都是事实。之后的事，是我揣测的。我猜，白蓝姑娘杀了叶奎琳之后，愤恨已消，心中不免恐慌起来。她并不知道杀死叶奎琳是属于误杀，是正当的。因为叶奎琳当时正欲对其妹妹下毒手，而且与当年残害她们母亲的方式一样。白蓝姑娘见绢帕上的血迹，愈加慌乱，便将铁丸抛于运河中，匆忙中将绢帕遗弃在地上。她翻出窗台，沿石柱而下，游回岸边。待她穿

白蓝的复仇（高罗佩　绘）

戴整齐，就直奔五福客栈。马荣，就是在那儿，你与她初次相见。”

“现在，我才明白，为何那时她见到自己父亲却不理睬！”马荣大声说道，“她一定是怨恨父亲没有把母亲惨死的真相告诉她，却将实情告知了妹妹。显然父亲对自己的妹妹更加信任。”

狄公点头称是，说道：“所以，她也没有把自己在叶府的所作所为告诉父亲。后来，她发觉自己的绢帕留在了案发现场，便担心自己或者嫣红可能会留下其他线索在廊房。当我们勘查现场时，除了绢帕和嫣红的红宝石耳环，并未发现其他东西。叶府侍女桂花曾到过廊房，并发现了窗台上的湿脚印。她以为是何鹏所为，便将窗台擦拭干净。但是，白蓝并不知晓这些，她决定再冒一次险，按先前的办法再去一趟廊房。她未曾想到，此刻的水闸门已被打开，运河不再是死水，而是水流湍急。”

狄公瞥了一眼马荣，说道：“你生长在江南水乡，熟知水性，你应该知道，如果河中有一弯道，弯道外侧的水流是最急的。站在新月桥上，我经常会看到运河水上有浮木漂流，随着浮木的行迹，发现运河水至叶府的围墙处有一弯道，水流特别急。因此，白蓝姑娘后来根本无法再游到叶府廊房处，她被急流冲到对岸何鹏柳园的阳台下，然后被水草缠住，动弹不得。幸好马荣发现了她，将她及时搭救，她当然得现编一个故事来搪塞。马荣，你可还记得，当时你是否向她提及何鹏？”

马荣用手挠了挠下巴，懊恼地说道：“现在想来，我是提到过何鹏，我还以为是何鹏把她从阳台上推下去的，真是荒唐！”

“的确如此，正好替她找到了借口。当我听完嫣红的叙述后，就有此推断。我故意向袁老头强调，要抓捕何鹏，其罪名是企图强奸白蓝姑娘，会被斩首。我相信，如果我的推断正确，白蓝定会来找我，说出事实真相。她是个坦荡的姑娘，绝不会因为自己的胡编乱造让何鹏蒙受不白之冤。当然，我还有其他一些证据。其一，当我离开柳园时，何鹏不可能有兴致去强奸白蓝，他是在等人，此人不是白蓝，而是梅夫人的信使。其二，我们在叶府廊房发现的那条白绸绢帕，其四角湿漉漉的，中间干燥，便可推测凶手渡河时，用绢帕包裹着头发，这显然是女子的行为。还有，白蓝在五福客栈击退那群无赖时，身边只带着一枚铁丸。”

“她当时的头发还是湿漉漉的，”马荣小声说道，眼露敬佩，“她当时口渴异常，饮酒如饮水！真是个不寻常的女人！”

“马荣，此刻你不妨去一趟偏厅，”狄公吩咐道，“看看白蓝姑娘是否还在哪儿，如果在的话，你可自己问问她那晚的前后经过。”

马荣跳将起来，一言不发地冲出门去。

“白蓝姑娘是个性情冲动且又独立的女子。”狄公面带微笑地对另两位爱将说道，“她需要一位好的夫君让她安定下来。”

“我们马兄是不二人选。”乔泰咧嘴一笑，说道，“按照旧俗，他该同时娶了她的孪生妹妹，作为二房。正好给他机会证明他的能力！”说着，乔泰甚是得意地揉了揉自己的膝盖。突然，他问道：“大人，难道我们要让白蓝姑娘在公堂上把事情的来龙去脉说清楚，然后再宣判无罪吗？叶奎琳的案子总归要做个了结的！”

狄公抬了抬眉毛，说道：“我看，不必如此麻烦！我可不想马荣的准媳妇将来成为茶楼的谈资。我会将叶奎琳之死作为未解疑案。我的记录再多几个未解疑案，也未尝不可。”

“马兄最后还是上钩了！”陶干浅笑道，“就这样了！”随后，陶干捻着左颊痣上的长毛，神情沮丧地说道：“看来，那柳园图花瓶并非是故意留下的线索，是叶奎琳在吃糖姜时，顺手将花瓶挪至一边，而后不小心跌落的。”

狄公若有所思地看了一眼陶干，捋了捋长须，缓缓说道：“关于这点，我亦不能确定。但是，陶干，你将破碎的柳园图花瓶作为破案线索是正确的，虽然我们永远无法证明它的用意。当时白蓝姑娘突然跳进廊房，叶奎琳大惊失色，立刻高声呼救，想唤来桂花和门童。他不知道嫣红已抽身而逃，便想着姐妹二人必定会被人发现。叶奎琳是何等奸诈之人，他怎肯善罢甘休？所以在最后一刻，他故意将桌上的青瓷花瓶推倒在地，为日后我们的勘查留下线索。只不过，他的重点并非在柳园图上，而是在蓝白颜色相间的瓷器上。来，陶干，再为我沏上一杯热茶。”